奇幻書界 3

貴族的審判

蘇飛 著

山邊出版社有限公司

目錄

序章 犧牲者 4

1. 怪異的鳥 8

2. 鸚鵡的陳述 14

3. 來自審判者的考驗 22

4. 障眼法與解謎之靈 31

5. 亞肯德與能量轉移 44

6. 祖銘的困惑 50

7. 困難重重的任務 53

8. 大綠怪與白色花海 70

9. 令人懼怕的十九區 84

10. 麵包店外的對峙 95

11. 石牆內的禁錮者 117

12. 永哥的秘密　120

13. 看不見的故事　131

14. 往事　139

15. 伯爵夫人與秘密堡壘　150

16. 被火舌吻過的少年　170

17. 紅色的房子　177

18. 肇事者　188

19. 隔牆怪聲　200

20. 子聰的夢想　217

21. 復活的戰士　227

22. 反轉的結局　236

尾聲　因父之名　247

犧牲者

　　迷都境內，巍峨的山上聳立着一幢華貴典雅的城堡。城堡棲於羣山之中，被鬱鬱葱葱的綠樹環繞着，白色城牆與高貴的埃及藍頂脊營造了浪漫童話般的夢幻印象。

　　這晚天空一片晴朗，因恰逢滿月，懸於低空的月球渾圓碩大、月色透亮，像顆半透明的玻璃水晶球散發着迷濛光暈。這樣的美好夜晚，正適合舉辦宮廷聚會。

　　看，城堡中窄小狹長的玻璃窗鏡映透出金黃色的璀璨光芒，與天空的美麗月色相互輝映，窗隙與門縫中斷續地蹦出悠揚悅耳的樂音，城堡內果真在舉辦着熱鬧的華麗舞會呢！

城堡內的人臉上充盈了歡欣快樂，銀鈴般的笑聲及愉悅交談聲不絕於耳。

　　當穿着雍容華服的人們在大廳華麗舞池中羣舞飛揚的時候，舞池邊上有位女子卻從階梯上驟然摔落。她由高高的階梯跌滾至舞會大廳正中央，徐徐停下來，面容驚懼地在眾人眼皮底下沒了呼吸。

　　歡欣愉悅的會場頓時變成恐怖的命案現場，琴音驟斷，尖叫聲劃破了和諧歡快的夜晚。

　　羣眾驚呼連連，花容失色。某位大膽的紳士戰戰兢兢地過去查看女子的情況，在女子白皙的頸項發現了被噬咬的痕跡，並留下兩個結痂的傷口⋯⋯

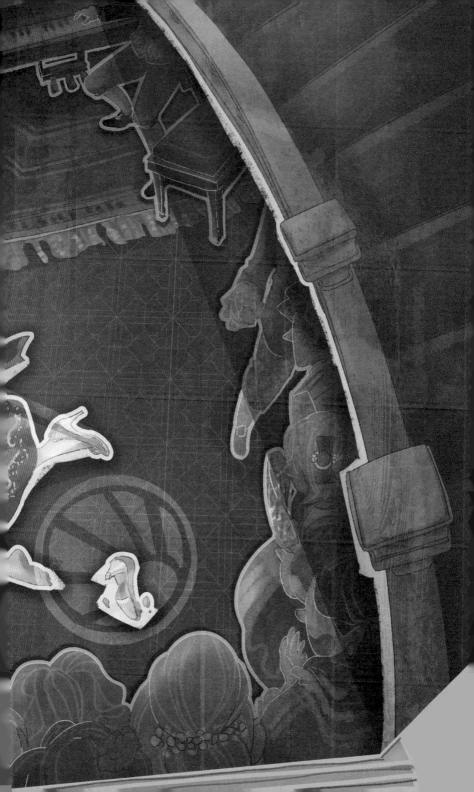

1 怪異的鳥

砰的一響！一位身形健碩的男孩破門而出，神色惶恐地從家門「逃」了出來。

看他那驚恐的模樣，不知就裏的人大概以為男孩被什麼怪物追趕呢。緊隨男孩身後，有一個人從屋內衝出來。她朝前方的男孩喊道：「喂！俊樂！回來！俊樂！」

追着俊樂跑出來的，正是俊樂自認為最要好的朋友——小希。

小希快步跑向俊樂，在家門前方的小公園及時拽住俊樂的袖子，費力說道：「她不是吸血鬼！」

俊樂跑着的後腿愣於半空，前腳墊了墊地，做了個緊急「煞車」動作。他轉過頭，面容扭曲地說：「她被吸血鬼咬了，就變成吸血鬼了啊！」

小希放開拽着俊樂袖子的手，擺擺手道：「誰跟你說她被吸血鬼咬了？」

「不是吸血鬼，為什麼頸項⋯⋯有兩個洞？」俊樂顫抖地指向頸項，問完後緊張地咽了口口水。

「被蟲子咬也有可能留下這樣的傷口。」小希嘗試向她這位總是搞不清楚狀況就胡思亂想的朋友解開疑惑。惟俊樂的想像可不是這樣，他無法接受小希的說辭。

「不，不可能這麼巧，剛好兩個洞。一定是吸血鬼！不是說被吸血鬼吸了血，就會留下兩個洞嗎？」

「湊巧罷了！」小希聳聳肩，道。

「那你可以證明不是吸血鬼咬的嗎？」

「我沒辦法證明，不過——」小希眼珠轉了轉，一向喜歡推理的她向俊樂分析道，「你仔細想想，吸血鬼是吸血的，對吧？但那女子並沒有被吸乾血啊！」

「你怎麼知道她沒有被吸血？沒有被吸乾不代表她沒有被吸，而是吸了一點點血而已啊。又或者吸血鬼太飽了，不想吸盡她的血！」

「你別傻了，世界上怎麼會有吸血鬼？那不過是傳說而已。」

「不，萬一真的有呢？正所謂空穴來鳳，未必無因——」

「是空穴來風，未必無因！」小希條件反射地立即糾正她這位老是用錯成語的朋友。

「OK，所謂空穴來風，未必無因，很多傳說不一定完全沒有根據的啊！只是我們沒見過……」

俊樂還是無法消除心中的恐懼。

他真的被剛才看到的逼真立體畫面嚇着了！

那時，他和小希在家裏翻閱了一本立體書——《迷都十九區》。

這是一本神奇的立體書，根據來自另一本立體書《艾密斯馬戲團》的人物艾密斯團長所説，每一本立體書都是一個世界。《艾密斯馬戲團》是一個世界，這一本《迷都十九區》也是一個世界。

照這樣的説法，這世上有多少本立體書，就有多少個不同於他們的「特殊世界」。

雖然此前俊樂與小希已看過不只一本立體書，惟這本與他們之前接觸的有所不同。《迷都十九區》才翻開第一頁就是一個恐怖的命案現場！看那栩栩如生的女子倒臥於華麗的舞池中央，咽下最後一口氣的模樣着實令一向膽小的俊樂嚇得魂不附體！

他連第一頁的説明文字也沒看完就破門而出，慌亂地從小希家裏逃了出來。雖説他也看過不少恐怖電影，但那畢竟是虛構故事，而立體書卻是一個真實世界。這表示書中所述情節都是確實發生過的事，書中人物也真有其人，而立體書世界的人物能透過時空縫隙來到他們的世界。如此一來，萬一書裏的女子真的是被吸血鬼殺害，吸血鬼不是可以從書中跑到人類世界來？

一想到這裏，俊樂就全身發毛，雙腿不聽使喚地又跑了起來！

「喂！俊樂！都跟你說了沒有吸血鬼——」小希在俊樂後方拚命追趕，追了好一會兒仍夠不着俊樂。

她確實想不到俊樂那渾圓的身軀跑起來竟如此迅速，甚至能直接翻越公園那及腰的綠色植物圍牆，這難道就是所謂的「狗急跳牆」？

就在小希想放棄的時候，某個小小的物體突然衝向俊樂，差點兒與俊樂正面撞擊……

慌亂的俊樂來不及煞停，為了避免與那物體相撞，他把身子往後仰去，結果竟以向後傾斜的姿態重重地摔在地上！

「唉喲！」俊樂疼痛地大叫一聲。

他感到頭昏腦漲，呼着痛正要爬起來時，眼前竟出現一張怪異的臉，嚇得他再次大叫！

聽到俊樂呼叫，小希慌忙趕了過去。

在她眼前的是個既温馨又奇幻的畫面：一隻鳥兒停在俊樂胸口上方，張開着雙翅東張西望，像是在察看俊樂有沒有受傷。

小希慢慢走過去，輕喚：「俊樂……」

鳥兒擰過頭來，小希噤聲，直愣愣地看着那展翅的鳥兒。

　　那是隻灰色的鸚鵡，體型比虎皮鸚鵡大一些。小希直覺這鳥兒不尋常，正要開口，誰知竟讓鸚鵡搶了對白：「快告訴我是怎麼一回事！」

　　小希和俊樂目瞪口呆地望着這隻鸚鵡，雖然會說話的鸚鵡並不少見，也不是什麼值得大驚小怪的事，但牠也說得太流利了吧！

　　「好厲害！到底是誰飼養了這麼一隻會說話的鸚

鵡？」俊樂忘了疼痛爬坐起來，抓頭道，「你的主人是誰？」

鸚鵡隨着俊樂起身而飛了起來，牠展翅飛到俊樂身後的一棵矮樹丫上，朝樹下兩人眨眨眼，以那帶點尖銳的聲線説：「我——是——永——哥！快告訴我發生了什麼事！」

小希與俊樂驚訝得合不攏嘴。

誰能想到眼前這隻灰色鸚鵡就是流浪漢永哥？

2　鸚鵡的陳述

　　事情回到那一天……

　　永哥在城中表演中心附近的二戰後廢棄宿舍「隱居」了好些時日，他對居住在這無人青睞與打擾的廢墟感到異常安心，甚至打算在此地度過餘生。

　　成為流浪漢之前的事他完全不想再憶起，現在的他和從前的他丁點兒關係也沒有。他拋棄過往，包括自己，只想活得像螻蟻、像野草，或如溝渠裏的污水，渺小而無用。一天復一天，不再被世人注視，也不用在意世人地活着。

　　某天晚上，他如尋常一般走向城中表演中心尋找糧食。他通常會選在眾人離去後的午夜時段到城中表演中心附屬的比華利咖啡廳，為的是撿拾快要過期或已過期但尚能食用的食物。

　　唯獨這一晚，他除了撿拾食物外，還找到了一件意想不到的物品。那是個沾滿污跡，毫不起眼的音樂盒。

　　他用衣袖擦拭一下音樂盒外殼，音樂盒立時現出琉璃般的瑰麗光芒！

好奇心驅使下，永哥打開了音樂盒，舞台中央是一座中世紀的藍色華麗城堡。他仔細觀察，發現那城堡頂端竟攀附着一隻小小的灰色鳥兒。永哥欣喜地將音樂盒收好，與收集到的食物一塊兒帶回廢墟。

回到廢棄宿舍最高層那廣大的活動中心，即他目前居住的卧室後，永哥大大地呵口氣，並展現難得一見的歡快笑容，那是他久未展露的笑顏。

或許是因為他剛剛獲得一頓豐富的晚餐——當天到期的意大利麵，這可是整個月也未必能碰上的美食啊！

永哥美美地享用完豐盛的一餐，隨手抓起透出青光的琉璃音樂盒過來觀賞。

他把玩着音樂盒，腦海浮現昔日櫃子內的珍稀收藏品。他已許久沒對美麗精緻的物件產生興趣，看着手中那通透亮麗的盒子，似乎暫時忘卻了令他驚懼的往事。

他自然地將音樂盒打開，如鬼使神差般扭轉音樂盒底下的轉軸。一陣樂音傳開來，是巴洛克時代的宮廷音樂。他閉起眼陶醉於齊整規律的古典音律中，正聽得着迷。突然間，他感到身子輕飄飄的，像整個人被提了上來。在他還未及睜開眼看清到底發生什麼事的時候，已被迅速捲入某個異度空間，身體隨着樂音急速轉動，轉得頭昏眼花，意識不明。

過了一段時間，他從朦朧中清醒過來，便定下神觀

察四周，意外地發現周遭的事物都變得非常巨大！

　　他剛想動，雙手竟「展開」來，這才驚愕地察覺自己擁有一對灰色的翅膀！

　　接下來，他透過窗戶上的玻璃看到自己的外觀——一隻徹頭徹尾的「灰機」！

　　「灰機」是他以前飼養過那隻非洲灰鸚鵡的暱稱，這種鸚鵡能說善道，是鸚鵡中最通曉人性與伶牙俐齒的品種。由於牠的身體呈灰色，飼主喜歡將這種鸚鵡稱為「灰機」。

　　永哥無法接受自己的變化，甚至一度以為自己在做着一場無法醒來的奇異夢境，後來終於明白這已成事實。那一刻，他腦海浮現曾來過廢棄宿舍的馬戲團團長，還有穿着奇裝異服的胖子和高個兒。他知道小希和俊樂必定知道些什麼，於是他匆匆展翅飛出窗外……

　　他找到了俊樂曾經帶他來過的小公園，正好在那兒撞見俊樂。

　　小希與俊樂驚奇地聽着「永哥」敍述變身的大致情況，這時小希問：「祖銘去找你時，你已變身了嗎？」

　　「祖銘？哦，你是說阿弟啊，我沒見到他。」灰色的鸚鵡說。

　　外表有點輕浮的祖銘是跟俊樂同桌的同學，很喜歡調侃俊樂。但對於他認定的朋友，則會義無反顧地相

助。尤其面對陷入困境，對人生毫無眷戀的永哥，祖銘更是全副心思都想着如何照顧永哥的衣食住行。萬一讓祖銘知道永哥因為立體書而變成鸚鵡，小希真擔心他會一氣之下，毫無理智地將立體書撕掉呢！

小希呼了口氣，道：「幸好沒遇上，要不然真不知道怎麼跟他解釋永哥變成鸚鵡的事。」

「喂喂！現在我在問你們問題，怎麼都不回答我？」灰色鸚鵡焦躁地踏着小腳丫，撲棱地搧着翅膀，「快説！為什麼我會變成一隻『灰機』？」

「灰機？你是想説飛機，但發音不準説成灰機吧？哈哈哈！原來鸚鵡的發音並不準！灰——機——哈哈哈！」俊樂笑得連腰也直不起來。

「灰機」整張臉沉了下來。

他一向是個受人景仰，有學識又有品味的人，如今居然淪落至遭兩個小孩恥笑……終於忍不住爆發了！

「鸚鵡當然有可能發音不準，問題是——我不是鸚鵡，而是人類變成的鸚鵡，才不會發音不準！再告訴你，「灰機」是非洲灰鸚鵡的暱稱，是鸚鵡家族中最聰明、最會説話的品種！什麼都不懂還敢嘲笑人？你們到底有沒有認真學習？老師教你們可以隨便取笑人嗎？取笑別人就是取笑自己，也是不尊重自己的表現……」

灰機唧唧呱呱地聒噪了老半天，着實將小希和俊樂

嚇得張口結舌。

當灰機終於訓示完小希和俊樂，竟噴了滿地口水，他趕緊咽口口水，緩一口氣。

小希吶吶地問：「你⋯⋯到底是不是永哥啊？為什麼之前你總是沉默，現在卻變得那麼會說話，而且既挑剔，又嚴厲⋯⋯」

經小希這麼一說，灰機認真地審視自己的狀態。他醒覺到自己變成灰機後，的確大大不一樣了。但他並不是轉變了個性，而是回復他原本的個性。尚未遭遇「那些事」之前，他本就是個要求完美，凡事挑剔的人。

「我當然是永哥。」灰機扯開聲帶，清了清喉嚨，然後以他自認所能發出的最高雅口吻說，「我現在重新自我介紹，我叫祁任永，是祁氏集團第五代繼承人。」

「騎士集團？有這樣的集團嗎？」俊樂傻乎乎地問。

「應該不是騎士，而是祁氏集團吧？我聽媽咪提過這個經營連鎖五星級酒店的跨國大集團，她曾幫這集團的一家百年老酒店翻新設計。」

「哦！原來是那家出名的祁氏酒店啊！我跟爸爸媽媽去旅行時住過呢！那是五星級酒店，設備很不錯！可惜晚餐的食物分量太少，每款菜都只給小小的一份，太小氣了！還有啊，你們的茶很苦，一定是泡得太久了！」

俊樂最有印象的，果然還是他最最在意的食物！

「且慢！」小希突然跳了起來，說，「媽咪曾提起祁氏集團總裁失蹤的事件，由於這件事太轟動了，媽咪還特地拿報上的尋人啟事給我看。」

「哦，你這麼一說我也有印象。登了好一大版的尋人啟事，幾乎家家戶戶都在討論，因為找到總裁可得到五萬元獎金——啊！」

俊樂突然大喝一聲，接着興奮地瞪大眼，說：「永哥是祁氏集團的總裁，那我們現在找到了總裁，不就可以領取獎金嗎？五萬元啊！太棒了！可以吃好多好多美食，對了！不如我們辦個美食團，到世界各地吃好東西！我們可以去希臘吃feta cheese和moussaka。嗯，還有那令人垂涎欲滴的希臘乳酪，一吃就停不了口！然後我們可以去意大利吃西西里芝士卷，還有日本北海道乳脂含量高達百分之十四的雪印芭菲……」

俊樂說得口沫橫飛，但眼角一瞄到樹上的灰機，滾燙的熱情馬上冷卻下來，哀歎道：「唉！他現在這副『鳥』樣，說他是人類都不可能相信吧？更不用說是祁氏集團的總裁。唉，太可惜了！到嘴的食物……」

俊樂還在叨絮，婉惜着吃不到夢想中的美食，小希卻打斷他的話，狐疑地對灰機說：「你真的是祁氏集團的總裁？」

灰機歪頭擺腦，道：「我沒有必要欺騙你們。」

「但我記得當時報上看到的照片，跟永哥你完全不像呢！」小希機警地說。

「啊，對呀！永哥滿臉鬍渣，臉很瘦，跟報上那個人完全不一樣！」俊樂回想了一下，防備地說，「你是不是把那個總裁怎麼樣了？對了！上次你不是說自己是罪人嗎？難道你——殺了總裁？」

氣氛一下子陡變，小希與俊樂眼前站着個犯了罪的殺人兇手。雖然殺人犯的外觀是隻灰機，卻更令人毛骨悚然。「他」露出陰險犀利的目光，對知道真相的兩人虎視眈眈……

灰機對俊樂連翻了好幾個白眼，道：「你的想像力太豐富了吧？我根本沒有必要騙你們。我失蹤前體重六十六公斤，失蹤後三餐不繼，消瘦了許多，臉頰也凹了一圈，再加上沒刮鬍子，你們當然認不得我。」

「嗯……這樣說好像也說得過去。」小希摸摸下巴作思考狀。

俊樂緊皺着眉頭，努力在腦海中想像永哥剃掉鬍子，臉頰胖起來的模樣，始終無法相信那是同一人。

「真的？」

「你們不相信，我也沒辦法。」

「那好，如果你恢復人身，可要記得改善祁氏酒店

的食物這缺點啊！」

俊樂記掛的仍然是食物，灰機此時驟然沉默不語。

「怎麼了？說酒店的食物不夠好，讓你不高興？」

灰機歎口氣，道：「不，那都是以前的事了。自從發生那件事，我就不再是祁氏家族的人，當然也不是總裁了。」

「到底發生了什麼事？為什麼你不再是祁氏家族的人？」小希好奇地問道，她早就想知道永哥身上到底藏着什麼故事。

灰機瞪着小希，說：「你們是在盤問我嗎？我的事不需要向你們交代！」然後灰機似乎陷入愁緒，把頭埋進翅膀下，看也不看他們。

俊樂低聲問小希：「怎麼辦？他心情好像很不好。」

「嗯……」小希思杵着，突然想到了什麼，便大聲朝樹上的灰機說，「你不是想知道怎麼會變成灰機嗎？其實，跟這本立體書有關！」

小希說着便從背包內抽出一本厚厚的立體書，擺放在公園長椅上。

灰機果然成功被吸引過來，他迅速從樹梢飛下，唸出立體書封皮浮凸的暗紅色文字：「迷都十九區？」

3 來自審判者的考驗

　　灰機用他那尖銳有力的喙翻開《迷都十九區》第一跨頁左邊折疊的部分，連綿山巒及一座外觀華麗宏偉的城堡瞬間呈現眼前。

　　「好壯觀！就像童話故事中的巍峨城堡呢！」灰機讚歎道。

　　「打開城堡屋頂會有驚喜呀！」小希眨眨眼，說。

　　灰機翻開城堡屋頂的紙片，竟是城堡內舉行着盛大慶典的場景！

　　灰機讀出這一場景下方的文字：「海德城堡位於迷都巍峨的山上，它隸屬於海德伯爵的轄區。海德家族是皇室御賜的功勳家族，其中海德伯爵更是立下許多戰績的偉大伯爵。這天是海德伯爵夫人七十歲誕辰，同時也是宣布第四任伯爵繼承人的日子。海德城堡難得地聚集了海德家族一眾成員與其他貴賓，大夥兒紛紛到來祝賀和參與盛會。城堡內歌舞昇平、聲光炫彩，眾人歡樂地慶賀談論，迎接新任伯爵來臨。但就在舞會進行至一半的時候，海德家族的新任繼承人——海倫娜竟然從階梯

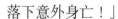

落下意外身亡！」

灰機趕緊用喙掀開第一跨頁右邊折疊的部分，在他們眼前的正好是城堡發生命案那一幕！

灰機凝視展開來足有四頁的立體圖，左邊還是歌舞昇平的和樂場景，右邊卻是陰暗惶恐的驚懼畫面。一眾賓客面對突如其來的意外，全都露出驚恐不已的表情。有的遮住臉孔，有的驚慌尖叫，有的既害怕又忍不住好奇上前探視，還有的躲在人羣背後議論。

「跌下階梯的女子居然是第四任伯爵繼承人！太震撼了！」小希雙手不禁撫着雙頰，喃喃猜測道，「海倫娜不會是被人陷害的吧？我嗅到了犯罪的氣息……」

「但凡跟權勢地位扯上關係，就有可能是謀殺事件，而非意外。」灰機一邊說，一邊仔細端詳「命案現場」，呼吸幾乎靜止了。半晌，他用力呼了口氣，羽翼捂着胸口道：「噢！這立體書也做得太逼真了！我看得摒住呼吸，差點喘不過氣來呢！」

「完全明白。我第一次看立體書時，也跟你有同樣的感覺。」小希心有戚戚然地頷首。

灰機繼續唸出餘下文字：「海倫娜是海德伯爵的私生女，由於海德伯爵的獨生子戰死了，不得不由僅餘的順位血脈海倫娜繼承。若非發生了意外，勢必誕生史上第一任女伯爵。」

「第一任女伯爵？難道以前從沒有女子當過伯爵？」小希不禁插嘴問道。

「一般皇室與官爵都只有兒子能繼承，不允許女子繼任。除非特殊情況，否則不會任意放寬規條。」

小希皺了皺眉頭，說：「哼！真是迂腐的封建社會。」

灰機補充道：「以前的社會由男性作主導，只有男子能擁有權勢，女子的社會地位微小而低下。」

「太糟糕了！難以想像身為女子怎麼在那樣的社會中生存。」小希惶恐地搖頭，「在這麼古怪的封建社會裏，海倫娜很有可能成為男性主權下的犧牲者。如果這真的是一宗有預謀的謀殺案，到底是誰殺害了她？海德城堡和海德家族成員接下來又會發生什麼事……」

未等到小希指示，灰機已迫不及待地翻開第二跨頁左邊的折疊部分。

「嘩！是遊樂園！我還真沒看過這麼大型的遊樂園呢！他們是在舉行嘉年華會嗎？」

第二跨頁左邊顯示的是一幅歡樂無比的遊樂園場景，樂園內許多父母帶着小孩來遊玩，各種有趣的攤位擺賣着新奇的玩意和玩具，還有賣藝人在街邊表演特技。賣藝人口中噴出長長一條火焰，圍觀的人無不拍掌歡呼。而畫面中特別引人注目的是一個大型旋轉木馬遊

樂設施，木馬上坐着一個個笑得見牙不見眼的孩子。

「看，這些小朋友多開心！真希望我們這兒也能舉辦嘉年華會啊！」小希艷羨地說。

「我一直夢想着有天能坐上這樣的旋轉木馬……」俊樂忘了之前的恐懼，他雙目發光，簡直想馬上坐上那絢麗夢幻的旋轉木馬。

「這頁的説明文字寫了些什麼？」小希問灰機。

灰機再次清清喉嚨，唸道：「這一天，海德伯爵夫人帶着孫子雷歐來到一年一度的迷都嘉年華會。迷都嘉年華會是迷都境內的大型慶祝活動，每年都有許多小食店和當地工藝品店參與，當然少不了華麗又好玩的遊樂設施，比如魔幻旋轉木馬、海盜冒險船、龍騎士過山車等等。迷都市民在這天會一家大小到來參與盛會。看，小朋友們玩得不亦樂乎，一點兒都不想回去呢！」

看着精緻逼真又新奇的遊樂設施，俊樂整個人湊了去立體書旁，細細品味每種設施的精彩之處。突然他發現了什麼似的，兩眼發亮。

「這個小孩好漂亮，他會不會就是海德伯爵夫人的孫子雷歐？」俊樂指着正乘坐旋轉木馬，在座騎上笑開懷的一位金髮孩子說。

「海德伯爵夫人在朝他揮手，看來是的。」灰機點點頭道。

　　俊樂像找到解密書的關鍵鑰匙一樣，擺出偵探似的
神氣表情。

　　這頁的文字就只有這些，灰機將視線轉向右邊，用
靈活的腳丫子翻開右側的折疊部分。

一幅立體場景展開來，與左邊場景同樣是遊樂園，但畫風突變。那是個空蕩蕩的遊樂園，到處瀰漫着一片暗淡悲戚的愁緒。到來嘉年華會的人們已經散去，樂園中只有伯爵夫人悲傷地杵在原地。華麗的旋

轉木馬暗了下來，黑暗中似乎有某種看不見的可怕魔爪伸向它。

俊樂嚇得往後彈開，半遮着臉孔，從指縫中窺探這幅立體畫面。

灰機唸出下方的説明文字：「當大夥兒一片歡騰的參加嘉年華會時，厄運驟然降臨。海德伯爵夫人的孫子雷歐在喧鬧聲中失去了蹤影。

「大夥兒隨即陷入恐慌的氛圍，競相逃離撤退，原本歡樂無比的嘉年華會只剩下哀傷悲痛的海德伯爵夫人。」

「雷歐為什麼會失蹤？」小希撫摸着下巴思索，這時她注意到這幅立體畫面的右下方露出個白色紙皮，便道，「快拉開這裏！」

灰機用喙啄開右下方的小紙片，是一幅四分之一頁的立體畫面。上頭畫了海德伯爵夫人看着一封信，家族中各人一副人心惶惶的焦慮模樣。窗戶上留下了長長的影子，在燈影搖曳下恍如惡魔一般。

「雷歐失蹤後，海德伯爵夫人收到一封來自『審判者』的信。信中寫道：『所有涉嫌殺害海倫娜女伯爵的海德家族成員必須接受來自審判者的考驗與審判。』」小希把文字唸出來。

「海倫娜果然是遭殺害的！」灰機驚訝説道，他尖

銳的聲音變得更刺耳了。

小希皺了皺眉，説：「審判者的考驗與審判？審判者是誰？上帝？魔鬼？」

「不知道。」灰機斷然回答，「現在最擔心的是雷歐到底怎麼樣了？」

「就算家族內有人殺害了海倫娜，但雷歐是無辜的，他只是那麼小的孩子！他……不會死吧？」

小希不禁縮起了身子，朝周圍探視，道：「咦？俊樂呢？」

原來俊樂不曉得什麼時候失去了蹤影！

小希咕噥着説：「這個膽小鬼，又跑掉了！」

「俊樂！俊樂！」小希扯開喉嚨喊着，在公園附近尋視俊樂的身影。

「我來幫忙！」灰機説着飛上了樹丫。

從高處俯瞰，灰機果然一眼就瞧見俊樂那壯實的身子在不遠處蠕動着。

「他在那裏！」灰機叫道，正欲飛下來時突然懸在半空，説，「咦？好像有人從後追他……」

「誰在追他？」小希説着臉色驟變，趕緊追問灰機，「是不是穿着十九世紀裝扮的胖子和一個大塊頭？」

「對！就是他們！我記得在廢棄宿舍見過他們！他

們到底是什麼人？為什麼要抓——」

　　沒等灰機問完，小希已一個箭步朝他所指的方向追去。

4 障眼法與解謎之靈

小希從來沒有如此膽戰心驚。

亞肯德大公爵出現在他們的世界，這說明《迷都十九區》這本立體書在他們手上一事已經曝光！雖然她不知道大公爵對這本書行使了什麼幻術，但她絕對不能讓俊樂給這大壞蛋抓走！

她瞥見大公爵那胖嘟嘟的渾圓身影，還隱約聽見俊樂慌亂的呼救，夾雜自己急促的心跳聲，拚盡全力直奔過去。

亞肯德大公爵發現小希追來，展露出輕蔑的笑容，接着朝小希揮一揮手，小希眼前頓時顯現一道崎嶇的山路。

小希愣了一下，繼續追趕過去，她小心而迅速地踏在凹凸不平的山路上，差點兒崴了腳。

但光是這樣還不夠嚇怕她，山崖上開始落下碎石，緊接着碎石變成大石頭，朝她滾過來！腳下的土地不知何時崩裂開來，出現一道長長的裂縫，底下是深不見底的黑暗山溝。

這不正正是電影中才才有的世界末日景象？

縱使小希害怕極了，卻沒有停下腳步。她東躲西藏地躲避落石，心裏越來越擔憂自己追丟了俊樂，眼白白看着他被胖子大公爵抓去。

這時小希聽到一道熟悉的聲音，説：「全是幻象！你看到的是內心恐懼的想像，這些不過是小石頭！」

小希心中一震，晃了晃頭，隨即眼前的山崖、落石和深溝都不見了，只看到幾顆小石子從前方拋過來。

小希機靈地抓住一顆小石子，心想：「哼！竟敢欺騙我！」然後她用盡全力把石頭丟向亞肯德大公爵。想不到小希一擊命中目標，石頭擊中大公爵光溜溜的額頭！

　　大公爵撫着受傷的額頭哎呀哎呀地呼痛，一向最受不得別人瞧不起的他立時停下腳步，氣呼呼地喚道：「伊諾！別追了！」

　　前方差點兒就抓住俊樂的大塊頭停止了動作，奔到他的主人身邊。

　　「我要你教訓這該死的女孩！竟敢用石頭丟我？哼！」

　　「是你先用石頭丟我，我只是以其人之道還治其人之身！」小希不忿地說。性格溫順的她還是頭一回拿石頭丟人呢！

　　俊樂這會兒已跑到小希身邊，趕緊幫腔道：「對！是你不對在先！小希只是以牙還牙，以眼還眼！」

　　小希讚賞地看着俊樂，想不到他這次成語用得恰到好處。

　　「我不管！總之羞辱我的人必須接受懲罰！」亞肯德大公爵嘬起嘴，鼻孔張得大大地喊道，「今天不讓你這女孩接受亂石攻擊懲罰，我就不叫亞肯德！」

　　小希聽後抬高了眉，她一向不愛與人計較，但看着

這麼小氣又動輒喜歡教訓別人的胖子大公爵，她實在沒辦法不還擊！

「那正好，聽說笨蛋大流氓發脾氣的時候也特別喜歡教訓人。」

「誰是笨蛋大流氓？」亞肯德大公爵歪着嘴，抓了抓翹起的小鬍子，問道。

「笨蛋大流氓不叫亞肯德。」小希說。

「我當然知道笨蛋大流氓不叫亞肯德。那笨蛋大流氓叫什麼？」

「我怎麼知道？不過剛才笨蛋大流氓說他不叫亞肯德。」

這時在一旁聽着的俊樂已經憋不住了，笑得前俯後仰。小希則輕輕一笑，她不習慣過於明顯的取笑人。

亞肯德大公爵見俊樂和小希似乎在取笑自己，忙吩咐伊諾道：「快說！他們到底在笑什麼？」

伊諾嘴角微微抽搐，憋笑對他這樣直腸直肚的人來說大概很不容易。

「大公爵，您剛剛不是說不教訓這孩子，您就不叫亞肯德嗎？」

「是啊！那又怎樣？」

「可是剛剛您說笨蛋大流氓不叫亞肯德，這意思好像您就是笨蛋大流氓……」

「誰說我是笨蛋大流氓？就算我不叫亞肯德，笨蛋大流氓也不許叫亞肯德……」

「那如果你叫亞肯德，笨蛋大流氓就叫亞肯德了？」小希插嘴問道。

「狗屁不通！如果我不是亞肯德，笨蛋大流氓當然也不是亞肯德……」

這回小希沒忍住笑，她和俊樂兩人嘻嘻哈哈地捧腹大笑不已。而一直盤旋在他們上頭的灰機也忍不住振翅發出尖利古怪的笑聲！

伊諾沒敢笑出來，嘴角抽搐抖動，滿臉通紅。

亞肯德大公爵終於意識到小希繞着圈子讓他說出自己是笨蛋大流氓，而這樣的詭計還接連使用了兩次……他氣得渾身發抖，頭髮直冒煙！

「還不快把他們抓起來？」

亞肯德大公爵連喊帶叫地跺腳，伊諾趕緊遵從主人的命令，朝小希與俊樂撲了過去。

小希拉着俊樂及時逃開，伊諾撲了個空，快步追向他們。惟剛才伊諾憋氣忍笑憋得太厲害，現在有點喘不過氣來，很快就與小希他們拉開了距離。

灰機此時飛在他們頭頂，緊張地尾隨二人，準備隨時俯衝下去施予援手。

俊樂今天被嚇了好幾回，又被追了一段漫長的路，

消耗太多體力，肚子不禁咕嚕咕嚕叫了起來。就在他感到四肢乏力的時候，突然聞到一陣陣誘人的香氣，鼻子都被勾了過去。

「咦？是炸年糕嗎？好香好香！」

俊樂一下不小心跑岔了路線，與小希分道揚鑣。

俊樂跑着跑着，嘴越來越饞。然後他眼前出現了個小食攤，一名小販在售賣番薯球。

「嘩！是我最喜歡的番薯球！太驚喜了！」

俊樂馬上掏錢買了一串番薯球，一口咬下兩顆，露出極其誇張的幸福模樣，道：「此味只應天上有，人間難得幾回吃啊！太美味了！太美味了！」

「是人間難得幾回尋！呵，你這個貪吃鬼，每次都受不了美食誘惑——」

說這話的人，是又發現俊樂不見而氣呼呼起來的小希。眼見大塊頭伊諾就在後方，小希拉着俊樂準備奔逃，誰知俊樂兩腿似被上了釘子般拉也不動，小希差點兒就被扯倒！

「怎麼有股榴槤香？」

俊樂那靈敏的鼻子往四周吸一大口氣，只見小販拿着兩串東西在俊樂面前晃了晃，笑眯眯地說：「新鮮出爐的榴槤球啊！要不要來一串？只此一家，別無分店！錯過了就沒有機會嘗囉！」

「榴槤球？怎麼辦？我最抗拒不了榴槤……」

就這麼一耽擱，伊諾已來到小希與俊樂跟前，一把抓住俊樂握着番薯球的手臂。俊樂拚了命掙扎，奈何根本無法掙脫伊諾強而有力的手腕，情急之下竟朝伊諾的手臂大口咬下——

「哎呀！」伊諾呼叫着放開了俊樂。此時大公爵已經追了過來，他露出奸詐無比的表情，笑眯眯地張開雙臂，馬上要給俊樂來個「大熊抱」。說時遲那時快，一陣馬蹄聲傳來，轉眼到達他們跟前，馬車上的司機一把將俊樂抱上馬車！

「快上來！」

司機迅速吩咐小希，小希忙不迭拔腿奔跑，幾乎是以「飛躍」的姿態衝上馬車。

灰機見小希衝上車，才慢半拍地醒覺到自己應該追過去，於是他立即拍拍翅膀，飛了過去。

＊　　　　　＊　　　　　＊

「艾密斯團長！」小希坐在駕駛座後方，高興地喚着前方穿十九世紀裝扮，拉着韁繩駕馬車的男子。

「不，應該叫最後一分鐘才出現的艾密斯團長！」俊樂不悅地加以詮釋道。他剛才被艾密斯團長抱上馬車時，番薯球全掉落地上。到口的美食就這麼浪費掉，看來他會對艾密斯團長嘀咕好一陣呢！

38

「這一回我可不是最後一分鐘抵達，剛才不是提醒小希大公爵在行使幻術，她看到的落石景象不過是幾顆小石子嗎？」

「原來是你，難怪我總覺得那聲音好熟悉。」小希邊說邊往後探視，她還在擔憂伊諾和胖子大公爵會追過來。

「放心，我已經甩掉他們了。小希，這次你做得很好。看來你已經曉得怎麼跟亞肯德大公爵斡旋。只要你激怒他，他就會方寸大亂！」

艾密斯團長大喊一聲，馬兒立即放慢了速度，在一處空地緩緩停下。

「經過幾次『交手』，我大概摸透那個胖子的心思。反正他就是小氣又傲慢，還自以為是的亞肯德胖子大公爵！」小希跳下馬車，說。

「要注意他身邊那個擁有『後見』能力，而且體格強壯，力氣奇大無比的伊諾，還有善於喬裝變身的奧狄。呵！你們剛剛差點兒就中計了。」

「奧狄？他有出現嗎？」俊樂傻乎乎地問。

「他就是賣給你番薯球的人啊！看來你們都被他的變裝能力瞞騙了。」

「呵？原來他是奧狄？真狡猾！下回我一定不會再受他騙！」

「嘻嘻嘻！」一道尖銳刺耳的笑聲從他們上方傳來。眾人循聲望去，才發現站在馬車頂部的灰機。

灰機不屑地抬高頭，說：「容易受誘惑的人是沒有抵抗力的。」

俊樂雖然不忿灰機如此評論，但他知道自己對於美食確實沒有抵抗力，只能悶哼一聲別過頭去。

「你就是這次的關鍵人物——永哥？您好！」艾密斯團長取下高帽子，對灰機行了個禮。

「免了。就是你讓他們和我蹚這個渾水，對吧？唉，為什麼偏偏選中我？我根本不想執行什麼奇怪的任務，我只想逃避塵世，安靜地度過餘生。」

「灰機，你已經知道自己為什麼變成灰機了？」俊樂意外地說。

「是的，就在剛才，我突然明白過來了。我之所以變成灰機，是因為與《迷都十九區》這本立體書裏某個人物的氣場相同。亞肯德大公爵使用幻術擾亂《迷都十九區》的能量，而要讓一切恢復原狀，必須由我——灰機，解開書中的謎團。」

「嘩，你是怎麼知道的？」小希驚奇地說。

「因為他是解謎之靈！」艾密斯團長把帽子戴好，說。

「解謎之靈？」俊樂與小希同時睜大眼說。

「是。永哥是《迷都十九區》這本立體書的關鍵人物，他轉動了從智慧長者那兒取來的魔幻音樂盒之後，變成一隻非洲灰鸚鵡。非洲灰鸚鵡是解謎之靈，擁有解開任何謎團的特殊能力。」

「嘩！解開任何謎團的『解謎之靈』？真酷！」俊樂豔羨地說。

灰機對於這個身分和特殊能力似乎頗為滿意，他挺了挺胸，得意地眨眨眼。

「艾密斯團長！胖子大公爵這回又對立體書使用了什麼幻術？」小希急切問道。上一回大公爵使出的顛倒幻術讓《比華利大戲院》裏的人們擁有了相反的情緒，把大家耍得團團轉，這回不曉得會對《迷都十九區》的人們使用什麼棘手幻術呢？

艾密斯團長有點傷腦筋地努努嘴，說：「這一回，亞肯德使用了一種常常聽到卻不容易破除的幻術——障眼法。」

「障眼法？」小希腦海浮現了電視上看過的魔術表演情節，道，「就是那種轉移人們視線的魔術？比如把人切成兩半，但其實只是使用了障眼法？」

「不。他使用的並不是魔術，而是真正令人看不透眼前事物，還能產生一股力量，讓這本書的謎題隱蔽起來的特殊障眼法。」

「讓謎題隱蔽起來？看來不是普通的障眼法……」小希呢喃着，似乎無法想像這樣的幻術，「不過，《迷都十九區》到底是什麼樣的一本立體書？為何胖子大公爵要把謎題遮蔽住呢？」

艾密斯團長深吸口氣，繼續說明：「實不相瞞，《迷都十九區》是一本令人膽戰心驚的解謎書，書中的審判者對伯爵一家設下了幾道謎題。只要我們順利解開謎題，就可以幫伯爵夫人的孫子雷歐脫險。但假如解不開……雷歐命運堪虞啊！」

「那怎麼辦？胖子大公爵使用了障眼法，大家都看不到謎題，該如何解開呢？如果解不開謎題，雷歐不會被……被殺死吧？」俊樂越想越害怕，他打從一開始就對這本立體書充滿了恐懼。

「放心，智慧長者已經交給我解謎的線索！」艾密斯團長神秘地笑了笑，道，「但要真正解開謎題還得依靠『解謎之靈』，也就是『灰機』登場！」

眾人的目光聚焦於灰機身上，灰機再次挺起胸膛向大夥兒優雅地點一下頭。他向來習慣成為眾人焦點，但成為具有解開謎題能力的解謎之靈，似乎比祁氏集團的繼承人有趣多了。

「哦，哦！好酷！」俊樂又羨又妒地說，「我也好想體驗成為解開謎團的大偵探滋味！」

　　「你怕沒有機會體驗嗎？呵呵！現在你們可是與解謎之靈同坐一條船，是一起執行任務的盟友！是不是很期待呢？」艾密斯團長的視線停留在向來對偵查解謎很有興趣的小希身上。

　　誰知小希不但一點兒也沒有期待，還搖搖頭，道：「我不明白，既然灰機是解謎之靈，為什麼他在你出現之前什麼都不懂？還追問我們怎麼回事？」

　　「那是因為解謎之靈並不是任何時候都能解謎。」

　　這回倒是輪到灰機睜大了雙眼。

5 亞肯德與能量轉移

艾密斯團長眨眨眼，道：「只有在關鍵時刻或與謎題相關的人物出現時，解謎之靈才能發揮他的特殊能力。」

小希細細咀嚼艾密斯團長的話，說：「那就是說，這一切事情發生的相關人物——也就是艾密斯團長你的出現，才讓解謎之靈發揮他的解謎能力？」

「可以這麼說。」

小希轉過臉望向灰機，問道：「你現在明白了嗎？為什麼你會變成灰機，還有胖子大公爵對立體書世界的人施展幻術的事。」

灰機點點頭，道：「是的，我都清楚了。亞肯德大公爵對這本立體書使用了特殊的障眼法，使審判者設下的謎題消失不見。而我這解謎之靈必須幫助你們找尋關於謎題的線索，並解開《迷都十九區》這本立體書的所有謎團，才能變回人類。」

俊樂這時插嘴道：「這個亞肯德大公爵還真是小氣鬼！奈斯圖*又不是故意讓他出醜，況且已經過去了那

麼久，他還要對其他立體書世界的人使用幻術。哼！我們可是忙碌的中學生啊，哪有這麼多時間執行任務？加上這次的任務非常危險，我可不想因此而喪命！」

小希瞄一眼俊樂，心想：說到底俊樂就是害怕吧！

小希正想對俊樂曉以大義，灰機卻搶白道：「不，你說錯了！」

「我說錯什麼？我真的很忙啊！不騙你。」俊樂傻乎乎地辯解道。

「不，我是指亞肯德大公爵並不是因為奈斯圖而對《迷都十九區》的人使用幻術！而是因為他知道擾亂立體書世界的次序，可以讓書中蘊藏的能量轉移到他身上！」灰機解釋道。

小希和俊樂有聽沒有懂，一臉錯愕地望向艾密斯團長。

「書中蘊藏的能量？那是什麼？」小希一頭霧水地問。

艾密斯團長歎口氣，道：「唉，我一直不希望亞肯德發現的事終究是發生了。」

＊《奇幻書界》第 1 集中，立體書《艾密斯馬戲團》中的人物亞肯德大公爵因為艾密斯團長的兒子奈斯圖讓他當眾出醜，而對馬戲團的成員施行幻術，企圖瓦解馬戲團。

「你不希望胖子大公爵發現什麼？立體書有能量的事嗎？立體書世界為什麼會有能量？」小希連珠炮似地問道。

艾密斯團長斟酌着該如何對小希他們說明，眼珠轉了幾轉，說：「我之前有跟你們提過，每本立體書是一個世界，對嗎？」

小希與俊樂點點頭。

艾密斯團長繼續解釋道：「其實，每個立體書世界都有屬於那裏的能量，能量是宇宙萬物存在的來源與根本，你們的世界也是因為有能量才能運轉。這一回，亞肯德使用障眼法破壞了《迷都十九區》的次序，使這個立體書世界的能量遭到干擾，而被擾亂的能量將會轉移到亞肯德身上。」

小希與俊樂第一次聽說世界需要依靠能量運轉的事，雖然有點抽象，但仍能理解到能量對於立體書世界有多重要。

「我還是不明白，能量轉移到胖子大公爵身上，對他有什麼好處？他為什麼那麼迫切需要能量？」小希刨根問底地問道。

艾密斯團長道：「亞肯德是個『幻術瘋』，對於幻術已經達到痴迷的地步，偏偏修習幻術需要的正是大量能量。試想一下，如果亞肯德身上的能量增強，修習到

更多迷惑人心的強大幻術，加上他的權勢地位⋯⋯」

「不！他現在已經那麼難對付，如果再讓他學到更厲害的幻術，不是會更加——更加——」俊樂想着該用什麼詞語形容卻說不出來，小希幫他接下去：「更加無法無天，為所欲為了！」

「對對對！他一定更加無法無天，為所欲為！絕對不能讓這樣的事發生！艾密斯團長！請快點告訴我們這次要執行的任務吧！」

小希瞥了俊樂一眼，問：「你不怕吸血鬼了？」

「我——」俊樂遲疑半秒，咽了一下口水，正義凜然地拍胸膛道，「再怕也不能退縮！從現在開始，我、小希和灰機就是一起執行任務的盟友！」

「俊樂你果然值得信賴。」艾密斯團長欣慰地點頭讚許，俊樂不禁情緒高漲起來，恨不得馬上去執行任務呢！

「呵！這回因為時間緊迫，我去了中世紀送信給達文西之後就趕來這裏，還來不及換車呢！那我就把任務交給你們，我現在得帶馬兒回去好好歇息！掰！」

艾密斯團長說着便從懷裏取出一張泛黃的牛皮紙，交給小希後就躍上馬車揚長而去。

「原來艾密斯團長剛剛去了中世紀給達文西送信，怪不得他有時騎着馬車，有時駕駛卡車啦。咦？達文

西……達文西這名字很熟……」小希摸着下巴，推測道，「不會就是意大利著名的藝術家李安納度·達文西吧？」

灰機此時突然抖動了一下，說：「沒錯！我看到達文西將一幅手稿饋贈給艾密斯團長，手稿上署名：李安納度·達文西！」

小希聽了不禁咋舌，道：「看來艾密斯團長擔負着非常重要的送信工作呢！」

俊樂這時早已按捺不住了，他對小希嚷道：「快看看這回要執行什麼任務吧！急死我了！」

小希趕忙將牛皮紙展開，誰知俊樂看了兩眼一瞪。半晌，竟飛也似地逃開去了！

「喂！俊樂！俊樂！不是說不會退縮嗎？喂……」

小希邊叫邊追過去，灰機晃了晃頭，感歎道：「這個俊樂還真是完全不可信賴的盟友……」

＊　　　　　＊　　　　　＊

這邊廂，亞肯德大公爵死命追趕，但見馬車越來越遠，不一會兒就放棄了追逐，在原地喘息不已。伊諾靜候一旁，似乎在等候大公爵發落。而慢條斯理走過來的小販這時摘下了鴨舌帽，臉部立時變了個俊美模樣。原來他真的是善於變裝易容的奧狄！

亞肯德終於喘夠氣，氣呼呼地嚷：「沒用的傢伙！

要你們來做什麼？我可是尊貴的大公爵，居然要我親自追趕敵人，還給那個女孩羞辱，氣死我了！」

「對不起，大公爵，想不到那個女孩這麼狡猾。不過你也知道，我就是不太會説話，更不懂得跟別人鬥嘴……」伊諾傻愣愣地拍打自己後腦勺。

「要不是艾密斯搞鬼，我早就搞定那貪吃的傢伙了！甚至能一箭雙雕，把兩個孩子一起抓下！」奧狄毫不在意地説。一向自以為天資聰穎，能力甚高的他可從來不覺得自己沒用。

「沒關係，大公爵，只要我『看』到他們接下來會去哪裏，就能阻止他們破壞您的幻術！」

「哼！你的『後見』能力最好能發揮作用！我可是好不容易才發現《迷都十九區》這本立體書，花了很多心思和精力才使出我亞肯德最厲害的障眼法幻術來擾亂這個世界！」

「會的！我最近都在好好養神，保養能量。只要不讓他們破壞您對這本書行使的幻術，就能順利取得讓《迷都十九區》運轉的能量，到時就……就……」

伊諾一時想不出一個適當的形容詞，但亞肯德早已陶醉於聚集大量能量的美夢中。他幻想着世界各地的人們到來崇拜他、敬仰他，拜倒於他的幻術之下，央求他賜予力量……

6 祖銘的困惑

　　今天放學後，祖銘又去了城中表演中心附近的廢棄宿舍。雖然他知道永哥應該不會回到這裏，但心裏還是存着一絲期望。

　　他走到樓上，打開永哥曾棲身的活動中心大門。

　　裏頭空蕩蕩的，只有破敗的桌椅和布條，窗外的爬藤植物也延伸進屋裏來了。因為塵埃滿布，祖銘一連打了幾個噴嚏。

　　祖銘眼角望向永哥曾經打地鋪的角落，那兒放着永哥睡覺時使用的小軟墊。由於窗戶沒關好，軟墊給吹灑進屋裏的雨水打濕了。現在這軟墊髒兮兮的，看來很快也會像周遭物品一樣，風化殘敗。

　　牆角破舊的桌子上放着個瓷碗，那是永哥一直帶在身邊的「吃飯工具」，邊上磕了個角，其破敗程度與這屋裏的東西差不了多少，看來也是久遠年代的物品。

　　「唉……這裏一點兒都不像有人住過的痕跡。永哥，難道你真的回家了？」

　　祖銘在屋裏晃蕩一會兒，就背着書包回去了。

才踏出廢棄宿舍，他突然又拐了回去，將永哥留下的破瓷碗放進書包。

「小希說過，永哥一定是回家去了。但我記得第一次見永哥時，他身上就帶着這個瓷碗。雖然瓷碗破了個角，但他平時總是小心看待它，可見永哥對這瓷碗有特殊的情感，絕不可能隨意丟在這裏！」

祖銘心底浮現許多想法，匆匆朝小希家走去。

來到小希家門口，他按了一下門鈴。

屋裏沒有任何動靜，祖銘伸出手正想再按門鈴，卻有人打開這個家的另一道門，走了過來。

她是小希的母親——徐堯，平日她一向待在工作室內。這道設置在工作室而獨立於住家的門，是為了防止客人來訪時會妨礙到家人而設的。

「祖銘？你怎麼來了？小希不是說去你家複習功課嗎？」徐堯問。

祖銘愣了愣，腦袋一轉，趕忙說：「哦，是的。可是小希竟然忘記帶作業簿，讓我過來幫她帶過去。」

「哦，那你進來吧！」

徐堯開了前門，讓祖銘進屋去。

祖銘在小希房裏看了看，隨意扯了一本學校的練習簿，便匆匆向徐堯告辭。

「小希到底去了哪裏？為什麼她要對母親撒謊？」

祖銘想着想着，一直朝俊樂家的方向走去。

「俊樂不會也不在家吧？」

祖銘加快腳步，他太想知道小希的葫蘆裏究竟在賣什麼藥！

來到俊樂家，俊樂果然也跟小希一樣對母親撒了謊。祖銘故計重施，也取了一本俊樂的練習簿出來。

「這兩個傢伙肯定有什麼事瞞着我！」

祖銘神色凝重地跑了起來。

此時的俊樂與小希到底去了哪裏？他們當然不在祖銘的家，也不在祖銘父親經營的雞飯檔。

祖銘怎麼也想不到，兩位同學所在的地方並不處於他們的世界……

7 困難重重的任務

一片廣袤無垠的蒼鬱綠林中，三個身影在踽踽前行。

其中一位頻頻擦汗，每一步都走得戰戰兢兢的正是俊樂。俊樂不耐煩地問道：「到底還要多久才能找到關鍵動物？」

「耐心點，灰機不是說了關鍵動物就在這片原始森林中嗎？」

走在俊樂前方的是小希，她沒有回頭，邊走邊與後方的俊樂對話。

「還不知道是不是真的，我們走了老半天，半隻動物都沒看見，更不用說什麼關鍵動物！」

在他們兩人前面領路的是一隻灰色的鸚鵡——灰機。灰機感受到俊樂的藐視，不忿地哼了一聲，道：「我去上面看一看。」

說着灰機搧着羽翅，輾轉穿越茂密樹林的縫隙，往上方的藍天飛去。

他嗖地衝出樹叢，從天空往下看去。映入他眼簾的

是一大片青葱的綠，綠色植物覆蓋蔓延整片廣大的土地，灰機不禁看呆了。

「好一大片原始森林！在我們的世界，大概只有亞馬遜流域的原始叢林能與之媲美⋯⋯有這樣的綠色巨肺，怪不得這兒的空氣如此清新。」

灰機讚歎過後，眼神變得銳利起來，細細審視這密林中的動靜。大地一片恬靜，只聽到細微的蟲鳴聲與樹葉飄動的嗖嗖聲。

「奇怪了，這麼大的一片樹林，怎麼沒看到動物？難道迷都境內沒有動物？或者⋯⋯藏起來了？」灰機正感到疑惑，突然下面傳來一陣粗獷可怖的吼叫聲。緊接着，他聽到俊樂的怪叫！

「糟了！難道他們遇見猛獸？」

灰機往下俯衝，穿進叢林中。

當他來到地面時，沒看到猛獸，卻聽到小希說：「快把牠放下來！」

只見俊樂合住的手掌慢慢在地面展開，某個東西骨碌地從他手掌掉在地上。灰機湊上前，發現地面有隻蟲子。

那蟲子外形似天牛，有着長長的觸角，全身是金色的，連翅膀也是金色。

「剛才那粗啞的叫聲是這金色蟲子發出來的？」灰

機問道。

「是啊！我在樹幹上發現了牠，覺得牠很漂亮，想抓來看看，誰知牠叫了起來……」

灰機皺了皺眉，好奇地過去碰了碰金色蟲子。小希想阻止卻已來不及，那蟲子頓時發出粗獷的嗓音，恍如發狂的老人在嘶吼，吼叫聲震得整片土地微微抽搐。

灰機嚇得用羽翅遮住雙耳，小希則趕忙過去抱起蟲子，放於掌心輕輕撫摸。蟲子在小希安撫下，終於停止了吼叫。

「牠很膽小，不能隨便觸碰牠。」小希凝視着金色蟲子，憐惜地說。

「這蟲子看起來那麼可愛，叫聲卻像個瘋狂的老人，真可怕⋯⋯」俊樂心有餘悸地說。

「灰機，你知道這到底是什麼嗎？地球應該沒有這種奇怪的蟲子吧？」小希問道。

灰機端詳眼前的金色蟲子，半晌，他清清喉嚨，以一副學者姿態解釋道：「這應該跟地球的天牛屬於同一科，我年少時在生物課上讀過。地球在距今兩億年前就有天牛這物種了，是非常古老的物種。不過，我們世界的天牛飛翔時會發出『嚶嚶』聲，人們抓住牠時則會發出『嘎吱嘎吱』聲，與迷都的天牛叫聲差很遠呢！看來這種金色天牛應該是迷都才有的特殊品種！」

「再怎麼說，會發出老人叫聲的天牛也太不正常了吧⋯⋯這迷都果然不是正常的地方。」俊樂揮掉額頭的汗水，說。

小希對灰機有點刮目相看，道：「想不到你懂的東西真不少。」

「那當然，我出身名門世家，小時候家裏請了各方面的專業老師來教導我，其中一位就是生物學研究院的教授。」

小希和俊樂都張大了嘴，雖然他們知道永哥是祁氏

集團的繼承人，但完全不了解名門子弟會接受什麼樣的教育。現在看來名門世家果然與他們這些普通人家差很遠，簡直可以用「一個天一個地」來形容。

灰機望向地上的金色天牛，思索一下道：「這迷都世界的原始叢林或許隱藏着我們從未見過的物種……」

俊樂呐呐地說：「我們從未見過的物種……」然後他驚恐地四下探視，生怕遇見什麼奇怪物種。

「是啊！說不定突然出現一隻猛獸，將我們一口吞下！」灰機誇張地說。

俊樂身體震了一下，接着他意識到灰機輕蔑的眼神。他舔了舔乾燥的嘴唇，故作鎮定地說：「哼！你別想嚇唬我！哪有什麼猛獸！」

「我才不是嚇唬你。這世界的天牛這麼特別，說不定這裏的黑熊或是蟒蛇也長得很特別……可能比我們世界的大上幾十倍，獠牙足足有一尺那麼長——」

「我才不怕！」

俊樂嘴巴說不怕，身子卻靠向了小希。

「真的不怕？」灰機嘴角提了提，露出捉弄的笑意，然後突然朝俊樂後方的草叢嚷道，「那是什麼？」

俊樂恐慌地握緊雙手，全身緊繃起來，接着他聽到灰機的竊笑聲，氣急敗壞地說：「你根本是故意嚇唬我！哼！說到底灰機你就是找不到身上有密碼的迷都動

物吧？」

小希瞪大眼望着俊樂，半晌，悻悻然地説：「你還是説出來了！」

這時俊樂才發現自己犯下大錯，他竟然把這回的任務「找出迷都動物身上的密碼」全都透露給擁有後見能力的伊諾了！

＊　　　　＊　　　　＊

就在一天前，他們在小希家翻閱了《迷都十九區》第三跨頁。

第三跨頁的立體場景顯示了海德伯爵夫人收到來自審判者的第一道謎題，但謎題因為亞肯德使用障眼法而消失了，只能看見部分文字：「若不在規定時間內解開謎題，將佛羅蒙交到謎底揭示的地方，後果自負。」

「為什麼説後果自負？難道會發生什麼可怕的事？」俊樂驚愕地把手放進口裏，只要關於迷都，他的腦神經就會自動開啟驚懼模式。

灰機向俊樂翻一個白眼，發出恥笑般的噴氣聲，隨即翻開右邊折疊的部分。

畫面顯示了海德家族不為人知的機密——海德家族從祖輩開始，已患有一種罕見的怪病！

小希讀出這一頁的文字：「據聞海德家族從祖輩開始受到詛咒，凡是男性都有患上怪病的可能，海德伯爵

58

的曾祖父、祖父、父親及他自己都罹患怪病，而孫子雷歐也不幸患病。

「他們至今仍未找到治癒怪病的方法，患病的人會帶着病痛直至老死。這種怪病病發時會全身痙攣，呼吸困難，嚴重的話會導致昏厥甚或死亡。他們只能仰賴迷都境內的罕見草藥──『佛羅蒙』暫時緩解疼痛。」

「看，海德家族真的被詛咒了！」俊樂指着畫中病發而痙攣倒地的伯爵，怪叫道，「雷歐也被詛咒了！怎麼辦？他會死嗎？」

「別瞎說，先看看這一頁右下角到底是什麼。」

灰機將右下角露出的半圓形紙片拉開來。

畫面是海德伯爵夫人在牀前祈禱，旁邊寫着她的禱文：「祈願上天有好生之德，讓雷歐平安無事。我知道海德家族罪孽深重，但請你赦免雷歐，他沒有犯任何罪。我願以我的性命，換取他的性命。」

「唉！伯爵夫人真可憐，明明那麼老了，卻要經歷這樣的事。」俊樂一臉同情地說。

「你別同情心氾濫了，根本不需要憐憫他們。審判者在第一封信中不是寫了嗎？海德家族涉嫌殺害海倫娜，他們受到的懲罰都是罪有應得。」灰機以冷淡的口吻說道。

「那現在審判者為什麼要設下謎題讓他們解答？只

要謎題解開，雷歐就能獲得佛羅蒙緩解疼痛。這麼看來，他不是也同情雷歐嗎？」小希問。

「這你就不懂了，不少罪犯的性格都非常扭曲，或許曾受過一些生理或心理上的傷害。」灰機眼中閃着令小希和俊樂不明所以的陰鬱神色。

「審判者給海德家族設下謎題，若他們解不開，就會導致雷歐遭受痛苦或死亡。這表示雷歐死了的話，就是海德家族間接造成的，算是對他們的一種精神折磨吧。」

俊樂聽得一臉迷惑，完全不能理解審判者的做法。

「好可怕！這個所謂審判者，殺害別人前還要先玩弄一番。就像貓抓到獵物一樣，會把獵物折磨至奄奄一息才將牠一口吞掉！」小希皺着眉說。

俊樂聽了小希的比喻終於明白過來，說：「那審判者不就像獵人？把獵物折磨得很慘才把牠殺死……好殘酷！」

俊樂對審判者的冷血心寒得渾身發毛。

「雖然審判者的做法很殘酷，但如果從正面的角度來看，也可以說是審判者給予他們一個救贖的機會。」

「救贖？」小希挑一挑眉。

「沒錯，只要解開謎題，不就能解除雷歐受的痛苦嗎？」灰機說。

　　小希和俊樂正義凜然地同時說道：「我們一定要解開謎題！」

　　　　＊　　　　　　＊　　　　　　＊

　　隔天放學，小希和俊樂接到艾密斯團長的指示。在團長安排下，他們來到《迷都十九區》立體書世界。

　　俊樂透露了他們的任務後自知不對，吞吐地說：「對不起，我不是故意的，不過反正大塊頭已經知道我們在這裏，說或不說都差不多吧？」

　　「當然有分別！伊諾不知道我們的任務，就沒辦法提前一步找到關鍵動物。」

　　「咳咳！」

　　這時灰機聲量頗大地清了清喉嚨，像個大老闆對部下訓話前的招牌動作。然後他飛到兩人跟前，以一副高高在上的姿態說：「不，讓伊諾知道我們的任務也沒關係。」

　　「為什麼？」俊樂問。

　　「因為即使他們早一步發現身上藏有密碼的動物，也無法解開謎題。不是嗎？」灰機自滿地抬高頭。

　　小希想了想，頷首道：「也對，他們不是解謎之靈，沒辦法解開謎題。」

　　「唉！問題是關鍵動物實在太難找了！」俊樂敲了個響指，故意提高聲量說，「找不到關鍵動物，即使是

解謎之靈也沒用啊！」

　　灰機知道俊樂在挖苦他，白了俊樂一眼。

　　「灰機，你就告訴我們吧！關鍵動物是什麼樣子？大家一起留意，應該比較快找到，反正也不怕被伊諾聽到。」小希説。

　　灰機呼口氣，瞟一眼俊樂，慢條斯理地説：「既然你們那麼想知道，好吧！就告訴你們吧，關鍵動物是──地球上沒見過的物種。」

　　「你又想嚇唬我？」俊樂眯起眼，不忿地瞪着灰機。

　　「是我『親眼所見』，你不信就算了！」灰機傲慢地仰高頭。

　　「那動物的樣子是怎樣？有什麼特徵？」俊樂追問道。

　　「嗯……是一種……」灰機回想着，想找出一些相似的動物來形容，但就是找不到一種適當的動物，「唉！很難形容，總之就是動物，一種大型動物。」

　　大型動物？俊樂腦海浮現侏羅紀時代的恐龍，身子不禁打了個冷顫。

　　「我們去前面的樹林看看吧！」灰機説着直往前方飛去。

　　小希把金色天牛放回樹幹，趕忙跟上。俊樂走在小

希身後，慌張地四下查看有沒有巨大腳印的痕跡。

三人順利穿過叢林，但眼前是更加險惡的沼澤地。灰機停在了一根枯木上，環顧四周的地形。

「關鍵動物應該不在這種地方，小希，我們快離開這裏吧……」俊樂望向冒出陣陣腥臭味的黑褐色爛泥，一點兒都不想踩進裏頭。

「不！往這邊走。」灰機信誓旦旦地指向沼澤地。

「那動物難道躲在沼澤中？」俊樂質疑道。

灰機沒有應答，振翅往前飛去。

俊樂不情願地望向小希，一向養尊處優的他很少接觸大自然，更不用說如此艱險的沼澤地。加上喜愛美食的他嗅覺異常靈敏，怎能忍受如此難聞的氣味？

「沒辦法，他是解謎之靈。走吧！」小希拍拍俊樂的肩膀，鼓勵他道。

俊樂只好踉蹌地跟着小希的步伐走。

他們走在黏稠的爛泥地上，每一步都走得小心翼翼。俊樂感到每往前一步都似乎要被爛泥吞沒，戰戰兢兢的。雖然只走了幾米的路途，卻已冷汗直流，渾身濕透了。

「前面的土地好像比較乾，我們走快一點。」小希回頭對俊樂説。

俊樂看到前方那乾旱平坦的土地，趕緊加快腳步，

巴不得立刻逃離這黏乎乎臭兮兮的討厭沼澤。

剛越過小希，俊樂陡然感到踩空了，一下子往下滑去。待他醒悟過來，雙腳已陷進爛泥之中，驚得朝天呼叫：「救命啊！救命啊！」

「俊樂別動！你越掙扎，就越容易陷進去！」

「不！我要被『吞』掉了，救命！小希，我不想死！我還有很多東西未吃過，快救我！」

俊樂腦海浮現自己被沼澤吞沒的畫面，嚇得狂呼亂喊，手腳亂踢，結果雙腳陷得更深，已經吞噬到他的臀部……

小希眼見俊樂陷進沼澤中，驚得花容失色，一時不知怎麼辦才好。

「冷靜！」

這時灰機飛了過來，站到俊樂頭上，厲聲喝道：「不准動！你越掙扎亂動就越容易下陷。等到完全陷進去，你就永遠沒辦法再吃到美食了！」

「嘩！我不想死在這種鬼地方──」俊樂還在掙扎蠕動，結果雙腿又下陷了些。

「不許動！先聽我説！」

「好，我不動，你快説……」俊樂吊高着眼乖乖傾聽。

灰機再次做出招牌清喉嚨動作，道：「咳咳！首先

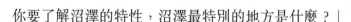

你要了解沼澤的特性，沼澤最特別的地方是什麼？」

「地面很黏。」小希回答。

「答對了！沼澤的黏度很強，因此你越用力反而越用不着力，還會產生一種反作用力，將你往下推。」

「那我該怎麼做？」

「先聽我説完。」

「遵命⋯⋯可是你可不可以快一點？」俊樂哭喪着臉説。

「那你可以安靜一點嗎？」

俊樂灰頭土臉地噤聲。

灰機繼續解説：「沼澤除了黏度高，還有特殊的浮力。因此我們要善用這浮力，把你支撐起來。」

「不過我完全感覺不到浮力啊！我只覺得身體一直往下沉⋯⋯這種爛泥地怎麼可能有地方支撐？」

「就因為你沒有好好利用沼澤的浮力。請你注意，你越亂動，與沼澤的接觸面就越小，當然沒有支撐你身體的力量。」

「嗯⋯⋯與沼澤的接觸面不是越小越好嗎？」俊樂問。

「當然不是，沼澤雖然黏乎乎的，但其實含有大量水，擁有特殊的浮力。接觸面太小，就無法支撐你身體的重量。另外，如果要順利移動，就必須讓反作用力大

於沼澤的黏度——」

「怎麼我感覺在上物理課，什麼浮力、反作用力呀……」俊樂兩眼無神地說。他只要一聽到數學或其他理科的內容，就會陷入昏昏的狀態。

「這不僅是物理知識，還是野外求生的知識。小時候每逢假日，專業教練都會帶領我去實地演練課堂所學知識。」

「你……還真是萬事通啊……」俊樂本想諷刺灰機沒有任何事能難倒他，卻又不禁有點同情他那忙碌的童年。俊樂晃一下頭，身體又下沉了些。

「祁家人無所不知，無所不能。否則怎麼管理全世界的酒店和處理複雜的人事關係？這是我們祁家的家訓，從小爺爺奶奶和叔叔伯伯們就對我念叨這句話了。」

灰機說話時眼神閃過一絲感傷和厭惡，他早已厭煩這背負着許多責任的人生，奈何他打從出生就註定要承受這些。

「幸好我們不是在名門世家出生。」俊樂縮了縮肩膀，身體繼續往下移動了一厘米。

「我明白了！俊樂，灰機是要你了解沼澤的特性，再利用它的特點找出離開沼澤的辦法。」小希說。

「可是我聽了那麼多，還是完全不了解沼澤的特

性。那是不是説，我沒辦法離開了……」俊樂看着沼澤已快要淹沒到他的腰，急得哭出來了。

「不了解也沒關係，你現在照着我的指示做。」灰機飛到俊樂前方，指示道，「現在你所有動作都要非常緩慢，只有這樣才不會讓黏度大於反作用力。」

「灰機，我覺得你不用跟俊樂解釋原因，只需要指導他怎麼做就好，不然只會讓他混淆。」小希提醒灰機。

「對不起，是我疏忽了。對任何事情都要詳細説明前因後果，是我們祁家人的習慣。」灰機不好意思地用羽翅拍拍頭，以示抱歉。接着他又擺出嚴肅的面容，重新對俊樂發號施令：「記住，只能慢慢地移動。現在，我要你慢慢往後平躺。」

「啊？平躺？為什麼？我才不要在這種鬼地方睡覺！」

「照做！」這回灰機可懶得跟俊樂多費唇舌解釋。

「知道……」俊樂緩緩把頭仰後，但他突然又抬起頭，害怕地説，「可是我感覺整個人會沉下去──」

「躺下！」

「哦……」

俊樂慢慢地「躺」，但只向後傾斜一點又呱呱叫了起來：「我要沉了！」

「你絕對不會沉，我們不是盟友嗎？相信我！大膽地往後躺！」

他們就這麼磨蹭，反覆糾纏了好一會兒。終於，俊樂順利地將身體躺平，漂浮於沼澤之中。

「咦？怎麼好像躺在浮牀一樣？原來沼澤真的有浮力呢！」俊樂喜不自勝地說。

「現在你盡量緩慢地往小希的方向移動。記住！一定要慢！」

俊樂按照指示，以平躺的姿勢兩手向小希「游」去。他果然一點一點，慢慢地朝乾燥的土地前進！

俊樂像找到了新鮮玩具的孩子般無限上彎着嘴角，誰能想到從來不敢下水的他居然在泥沼中體會到「游泳」的樂趣？

「嘩！原來游泳是這種感覺……」俊樂手腳並用地緩慢划着，整片天空好像是他的暖暖棉被，藍天白雲就在咫尺之間，而大地則是連綿不斷的浮牀，世界好像慢了下來。俊樂閉上眼享受着這一切，接着他大大地舒一口氣，說，「好愜意啊！小希，你要不要也來試試沼澤『游泳』的滋味？不錯呀！」

小希慌忙晃頭，道：「不用了，謝謝你的邀請。」

「哈！這可是非常難得的經歷啊！你確定不要試試看？小希……」

　　慢動作的俊樂陡然被一個東西往後一扯，他連連驚叫：「啊！啊！什麼東西在拉我！不要啊！救命！救命！」

　　俊樂慌張地揮動雙臂，結果身體一下子沉了大半，眼看快要淹到頭部，小希和灰機在一旁拚命勸說俊樂只是纏住了水草，但驚慌的俊樂早已聽不進片言隻語，他嘗到爛泥的腐臭，鼻子也吸進了黏黏的泥土……

　　迷濛間，俊樂好像感到被某個東西從底下輕輕地、慢慢地托了上來……他是升天了嗎？

8 大綠怪與白色花海

俊樂迷迷糊糊地睜開雙眼，四周是一片寧靜的白色花海。他扯扯嘴角，淺淺地笑了。雖然他平日不算很喜歡花，但看到這麼美麗的大自然景致，還是情不自禁地笑了起來。這大概就是大自然的神奇力量吧？

「我死了嗎？這裏是什麼地方？天堂？」

一陣刺耳的笑聲傳入耳際，俊樂頓時清醒過來。

灰機搧動着羽翅，取笑俊樂道：「哈哈哈，天堂？我還在地獄呢！」

俊樂臉黑黑地爬起來，正要辯駁，發現身旁竟有個龐然巨物！他嚇得踉蹌後退，差點兒就摔了一跤，幸好小希及時攙扶住他。

「別怕，牠就是關鍵動物，而且牠剛才還救了你一命呢！」小希説。

「什麼？」俊樂望向眼前的巨獸，「就是牠把我從吃人的沼澤救上來？」

那是一隻皮膚滑溜的大傢伙，全身綠色，有着一個小圓頭（相比起龐大的身軀，頭部算很小），圓圓的臉

孔，朝天鼻，嘴巴薄薄兩片，兩耳小巧，像垂耳兔般下垂，但沒有毛髮。眼睛細小卻只看到烏溜溜的黑眼珠，顯得特別可愛。

這巨獸的身體渾圓扎實，背有點駝，四肢像魚鰭，又有着明顯而堅固的突出骨架，因此能倚靠強壯的骨架站立。

「這……這是什麼？」俊樂問。

小希和灰機晃晃頭。

「早跟你說了，我根本不曉得怎麼形容這——大綠怪。」灰機說。

「大綠怪？很貼切啊！我們就叫牠大綠怪吧！」俊樂偷偷瞄一眼身旁的大綠怪，害羞地對牠點點頭，道，「大綠怪，謝謝你救了我。」

大綠怪鼻孔噴了噴氣，也不知道是不是在回應。

「俊樂，我們在大綠怪身上找不到線索呢，你也來看看。」小希說。

「大綠怪全身光禿禿的，你們也找不到線索？」

小希無奈地擺擺手。

俊樂繞着大綠怪走了一圈，發現大綠怪身上除了有深淺不同的綠色外，好像真的看不出有任何記號或提供線索的地方。

「灰機你不是解謎之靈嗎？為什麼不知道怎麼找出

密碼？」

灰機尷尬地清清喉嚨，然後說：「解謎之靈不是什麼時候都能解謎的啊！艾密斯團長不是說過嗎？必須在關鍵時刻才能解謎。」

「那就是說，現在還不是關鍵時刻？」

灰機頷首。

俊樂皺了皺眉思索一下，走到大綠怪面前，對牠說：「我可以看看你的手掌嗎？」

大綠怪似懂非懂地發出低沉的怪聲，好像在說「呃」，但那拉得長長又變調的尾音顯得好不滑稽呢！

俊樂大着膽子走前一步，翻開大綠怪鰭狀的手，沒發現什麼異樣。接着他又讓大綠怪矮下身子，翻開牠垂下的兩隻耳朵。

大綠怪任憑俊樂翻弄耳朵，不但不發火，還絲毫沒有露出不高興的模樣。待俊樂檢查好後，牠又發出一陣可愛的叫聲，眨了眨精靈的小眼珠，搖搖晃晃地往後退了幾步。突然，牠整個向後倒在一大片白色花海上。

「嘩！好像很舒服！這到底是什麼花？捲捲的，好可愛！我們的世界可沒見過這麼可愛的花呢！」俊樂說着馬上依樣畫葫蘆地往後一躺，讓整個身子陷進花海。

小希看到俊樂一副陶醉的模樣也有樣學樣，她躺下後嘴角情不自禁地上揚。身體被軟軟的花海包裹着，感

覺真的好幸福呢！

灰機當然不落人後，一隻大綠怪、一隻非洲灰鸚鵡和兩個人類就這般，躺在白色花海中欣賞漫天彩霞。這一刻，大夥兒都忘了執行任務的緊張，享受難得的温馨時光。

「這花兒好像地毯，又軟又舒服，一點兒都不刺人。對了，我記得媽咪説過想要種草坪，不知道可不可以帶一些白色花兒的種子回去呢？」俊樂突發奇想。

小希馬上正色道：「當然不能！這可是立體書世界，不是我們的世界啊！絕對不能帶走這裏的一草一木，是穿越時空的第一守則。你忘了艾密斯團長讓我們進入時空縫隙前説的話嗎？」

「我沒忘記，可是這真的很舒服。如果種在我家庭院，那就可以每天躺在舒適的花海睡覺……」

「喂喂喂，現在可不是享受的時候！我們來這裏的任務，可是要找出關鍵動物身上的密碼！」灰機馬上提醒道。

「這麼舒服的地方，當然得好好享受。還想什麼任務呢，對吧？」

「嗯，這句話中聽……」俊樂不假思索地回道，接着才發現説這話的人，居然是亞肯德大公爵！

亞肯德大公爵及伊諾站在他們跟前，俯視着他們，

俊樂和小希趕忙防備地爬起。大綠怪見大家都站了起來，也跟着慢慢扭動，撐起身子。

「別怕，大綠怪曾經救過俊樂。有大綠怪在，他們不敢怎麼樣的。」灰機飛於盟友們的上空説。

「是嗎？嘿嘿嘿，看我的！」亞肯德大公爵兩手一揮，撒出一些粉末。

「小心！」小希掩住口鼻，閉起眼睛。俊樂與灰機也連忙躲開去，然而動作緩慢的大綠怪沒來得及反應，兩眼迷濛地發出一聲嗷叫。

俊樂和小希雖然着急，但也無計可施，眼睜睜看着大綠怪歪頭歪腦地昏倒過去。

待粉末散去，俊樂趕緊趴過去大綠怪身畔，搖晃牠那滑溜溜的身子。亞肯德大公爵大笑道：「哈哈哈！牠中了我的迷魂昏睡粉，沒有半天時間不可能醒來。你們就別費心神了！伊諾，還不快行動？」

亞肯德瞟向一旁的伊諾，伊諾立時衝過來，往俊樂的方向撲過去。灰機大喊：「快跑——」

還未喊完話，灰機已被一網擒住！

「灰機！」小希與俊樂看着被捕的灰機，不知該如何是好。

「哈哈哈！這就叫聲東擊西，假裝抓你這小孩，其實是要抓這……」亞肯德輕蔑地瞄一眼灰機，説，「醜

陋的鳥兒。」

「竟敢説我醜陋？真是沒有自知之明的窮酸癩蛤蟆。」

「什麼？」亞肯德大公爵氣得兩眼冒火，平日最愛讓人吹捧的他竟然被説成是窮酸癩蛤蟆，他雙唇顫抖地説，「看來得把你抓回我的宮殿，關在地牢裏，讓你永遠不見天日！」

「別吹牛了！你這窮酸癩蛤蟆怎會有宮殿？快放我出去！我的羽毛都被這張網弄髒了！要抓也得用個乾淨的網啊！就只有你這樣的窮酸癩蛤蟆才拿得出這種破爛網！窮酸癩蛤蟆！快點放我出去！」

「安靜！吵死了！你再呱呱叫我就馬上把你丟進沼澤裏！」亞肯德兩手禁不住要掩起耳朵，灰機那高頻率的嗓子叫喊起來，可不是普通的刺耳啊！

「哼！我就不信你敢。快放我出去！放我出去！窮酸癩蛤蟆！窮酸癩蛤蟆！不敢做是吧？」

大公爵忍無可忍，他一把搶過伊諾手上的長柄網，打算把灰機連鳥帶網拋進沼澤裏。就在此時，大地突然發出一聲嚎叫。

隨着那聲嚎叫，整個花海翻覆震盪，眾人給起伏不已的「波浪」盪得東倒西歪。亞肯德放開了抓住的網，圓滾滾的身子在波濤洶湧的花海中不停搖擺，伊諾和奧

狄及時抓住花兒，才沒被晃得頭昏腦漲。

灰機趁着長柄網被拋開的時機，從網內飛出來，而小希與俊樂也及時被某個東西「托」了起來，不受震盪波及。

待大地回復平靜，眾人才看清眼前發生了什麼事。

原來那一整片花海竟是一隻龐大怪物的身軀！

「我們剛才躺着的，竟是這大怪物的身體……我們居然還在牠上頭踩踩踏踏……」俊樂驚懼地說。

那巨大怪物慢慢移動身子，坐了起來。牠渾身布滿了鬈曲的毛髮（即剛才他們躺着的白色花海），身體渾圓碩大，頭部細小，有着一對可愛的小眼睛，一個朝天鼻和薄薄的嘴唇。

「我怎麼覺得好像見過這種生物……對了，大綠怪！」俊樂敲了個響指，大叫起來。

「牠的模樣跟大綠怪很相似，只不過全身覆蓋了白色鬈毛，而且大好幾倍，看來牠有可能是大綠怪的媽媽。」小希推測道。

俊樂望向他們站着的地方，這像是長了鬈毛的魚鰭竟然是大綠怪媽媽的手掌！

大綠怪媽媽再度發出轟轟的吼叫，用另一隻魚鰭把大綠怪拉進懷裏。緊接着，牠用那魚鰭掃向大公爵他們，將兩人一併掃進沼澤！

大公爵及伊諾拚命想逃出沼澤，但反而陷得更深。兩人狼狽不已，卡在爛泥中動彈不得。

　　俊樂忍不住哈哈大笑，小希揶揄俊樂：「剛剛不知道誰也是這副狼狽相呢？」

　　俊樂漲紅了臉，但馬上又説：「嘻，可後來我明白了沼澤的原理，還學會在沼澤游泳呢！不過，這都是那傢伙的功勞啦！」

　　「咦，他去了哪裏？」俊樂左看右看，尋找着灰機的身影。

　　小希四下尋視，在他們上空找到了灰機。

　　這時灰機飛下來，興奮地對他們説：「我看到線索了！」

　　「什麼？」小希驚喜問道，「在哪裏？」

　　灰機用翅膀指向大綠怪媽媽的胸口，那兒長着幾叢綠色毛髮，形狀像幾個阿拉伯數字。

　　「221……14？」小希喃喃念道，念完發現自己透露了密碼，趕緊摀着嘴。

　　「別緊張，即使他們知道了密碼，也未必能解謎。」灰機一副勝券在握的高傲姿態説。

　　「原來線索在大綠怪媽媽身上！可是那幾個阿拉伯數字的謎底是什麼？」俊樂問道。

　　灰機笑眯眯清了清喉嚨説：「到了迷都十九區，你

們就會知道。密碼和線索都可以讓他們知道，但謎底可不能了！」

灰機望向在沼澤中緩慢移動的大公爵和伊諾。

「嗯，明白！我們得趕在大公爵他們爬出沼澤前，趕緊去送解藥。」小希說着便走出這片荒蕪之地，有個人影卻從遠處興沖沖地跑來。

小希仔細一看，愕然道：「是艾密斯團長！他怎麼來了？」

「對啊！他不是已經把跟海德伯爵夫人討的佛羅蒙草藥交給我們了嗎？不會是弄錯解藥了吧？啊！難道他想跟我們一起去送解藥？」俊樂開心得揚高了眉。他一直對迷都十九區這神秘區域心存恐懼和疑慮，如果有團長陪着一起去，那就再好不過。

艾密斯團長氣喘吁吁地趕到他們跟前，說：「幸好來得及！小希，俊樂，時空縫隙快要關閉，你們得快點回去！」

「啊？那怎麼辦？我們還沒有把佛羅蒙草藥送去迷都十九區——」

「我幫你們送去，因為時間緊迫，誰送解藥過去都不是問題。」

「哦，那好吧。」小希邊說邊從背包取出一個用蠟紙包裹的四方小包，正要遞過去時，突然本能地猶豫了

一下。

「怎麼了？還不快交給我？沒時間了！」艾密斯團長着急地說。

「你怎麼沒問我們是否解開了謎題？」

「那還用說？有解謎之靈在，你們一定已經順利解開謎題，不是嗎？」

小希警惕地望向團長，說：「如果是艾密斯團長，一定會先詢問我們是否解開了謎題。你不是艾密斯團長！」

「小希，你疑心太重了！我確實是艾密斯團長！再這麼磨蹭下去，就來不及回去你們的世界！」

「小希，艾密斯團長說得對，你就是疑心太重。如果來不及回去就糟糕了！明天還有數學測驗！」

對於送解藥去迷都十九區，俊樂心裏是一百個不願意。加上隔天還有他最頭疼的數學測驗，若不預先溫習一下肯定不合格，他現在巴不得馬上返回地球呢！

「對啊！小希，快把解藥交給我，我保證一定能及時送去迷都十九區。」艾密斯團長信誓旦旦地道。

「你知道送去迷都十九區哪裏嗎？」小希還是不放心，提問道。

「你們告訴我，不就可以了嗎？哦，難道你們還未解開謎題？」

　　灰機飛到小希肩膀上，拍着胸口説：「哼！當然解開了。」

　　「那快告訴我吧！好讓我送解藥過去，要不然雷歐肯定痛苦難耐。」艾密斯團長露出一臉擔憂的模樣。

　　「小希，快點把解藥給艾密斯團長吧！」俊樂催促她。

　　「是啊！小希，你不是一直很想快點完成任務嗎？」灰機也不疑有詐地説。

　　小希看着盟友們，想了想：這一回沒有識謊之靈龍貓*，沒辦法確定他是不是在説謊，該怎樣確定他是艾密斯團長呢？

　　小希轉向艾密斯團長，説：「我不該懷疑你的，對不起，艾密斯團長。」

　　「沒關係，我怎麼會在意這點小事呢？」

　　正當小希將解藥交到艾密斯團長手上時，她突然問道：「對了，艾密斯團長，昨天你説要送信給意大利的畢卡索，順利送達了嗎？」

　　「當然順利啊！我可是自由穿梭時空的快遞員，哪有送不到的理由呢？」艾密斯團長一臉得意地回應。

　　小希與盟友們面面相覷，馬上確認了站在眼前的是

---

*《奇幻書界》第2集的關鍵動物就是識謊之靈——龍貓。

冒牌艾密斯團長！因為艾密斯團長要送信的人是達文西，而不是畢卡索！

「不能交給他！他是冒牌貨！」灰機尖叫道。

冒牌艾密斯團長知道事跡敗露，迅速搶過小希手裏的包裹。俊樂馬上奮力衝撞過去，使那「冒牌貨」摔倒在地，包裹脫手而出，飛向空中。眾人眼巴巴望着包裹落在沼澤內，就在距離大塊頭伊諾不足兩米之處。

「笨蛋！還不快把解藥拿過來！」亞肯德朝伊諾咆哮道。

原本在沼澤內慢慢划動的伊諾連忙加快速度，嘗試游向包裹。但他划動得越快，身體就越往下沉，伊諾這才不得已地放緩速度，緊盯着包裹慢慢前進。就在伊諾差點碰到解藥時，灰機趕在伊諾前，一口將解藥啄了起來！

「不！我的解藥！」伊諾狂喊。

小希漂亮地接住灰機甩過來的解藥，說：「解藥不是你的，是雷歐的！」

冒牌艾密斯團長此時一個箭步跑到小希前，伸開那細長的雙手，準備硬搶解藥，誰知大地又晃了起來，他一個站不穩，往沼澤跌去……驚慌間，他面容轉變回原本的模樣，大叫道：「別想走！把解藥給我！」

小希和盟友們當然不可能理睬他，他們向把奧狄送

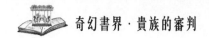

進沼澤的大怪物道謝後，急匆匆逃出這片沼澤地。

如今，大公爵和他的兩個隨從都困於黏稠的沼澤，而前方是龐大的白花花大怪物。當三人費了好大的功夫就要成功上岸時，大怪物大鰭一揮，又將他們送回沼澤中，如此反覆多次，大怪物玩得不亦樂乎。這可是懲罰大公爵令牠的孩子昏睡過去的代價！

大公爵與隨從哀嚎慘叫，最後甚至哭泣求饒……

⑨ 令人懼怕的十九區

　　小希與兩個盟友按着艾密斯團長提供的簡易地圖，穿過茂密的原始森林，來到了迷都市區。

　　「我們已經抵達迷都市區，距離我們的目的地十九區應該不遠了！」灰機飛於小希與俊樂頭頂，撲棱着被陽光塗上金黃光芒的羽翅説。

　　「俊樂，我們走快點！送過解藥就能回家了！」小希朝身畔的俊樂説，並加快了腳步。

　　俊樂縮了縮身子，趕緊跟上小希的腳步。對十九區存有陰影的他如今箭在弦上，只能一往直前了。

　　迷都的人民對奇裝異服的他們投以異樣目光，但大家都不敢過來搭理他們。根據艾密斯團長給予他們的資訊，迷都境內的人們大多膽小怕事，但凡任何陌生事物都不敢靠近和理解。

　　「灰機，為什麼他們那麼膽小怕事？」小希好奇問道。

　　「舊時代的人們通常有很重的階級觀念，工人和農民屬於社會低下階層的小市民，一般不太敢發言。」

「嘩！灰機你還學過歷史？」俊樂説。

「豈止歷史？『祁家人無所不知，無所不能』這句話可不是隨便編造，是祁氏家族引以為傲的家訓！我們上知天文下知地理，祁家所有人從小就必須學習任何學科⋯⋯」

一説起祁氏家訓灰機就喋喋不休説個不停，小希趕忙打斷他道：「想不到迷都世界也跟我們世界一樣有階級之分。」

灰機清清喉嚨，從容地發表見解：「歷史很多時候都是驚人的雷同，生命的演化想來也是大同小異。或許在我們不知道的空間，存在着無數與人類相似的智慧生物。」

「好神奇啊！我從來沒想過外面的世界有像人類一樣的存在呢！」俊樂烏溜溜的雙眼閃動着光彩。

他覺得四周的一切都很新奇。淳樸原始的民房，衣着樸素的人民，街邊擺賣着許多從未見過的物品和食物⋯⋯他覺得自己像是來到異世界旅行的遊客呢！

俊樂目不暇給地聆賞着異世界的新奇事物，壓根兒沒注意到有個人影正向他迅速衝來。待他發現時，已經閃避不及⋯⋯

俊樂就這般給那人撞倒在地！

撞倒俊樂的是個瘦子，約莫十八九歲，長得斯文秀

氣，有一對細小的眼睛。瘦子朝在地上呼疼的俊樂瞥了一眼，連忙把他拉起來，卻又馬上將他推搡出去，道：「他去吧！他比我強壯！」

此時另一人喘呼呼趕來，大聲吆喝道：「不行！伯爵夫人規定每個區負責一個月的運送，我們第十八區可不能壞了規矩！」

「那你讓其他人送啊！為什麼要我送？」

「不是每個人都有這個機會，這一回獲得伯爵夫人欽點，是我們家的榮幸。要知道能為迷都及海德家族服務，是至高無上的榮譽！」

「不！我不要什麼榮譽，也不想去送死！」

「唉！你聽我說，不會有事的！只要挨過一個月，伯爵夫人就會賜予騎士勳章，我們家就能脫離世代當鞋匠的桎梏，破例讓你進宮學習和工作！」

「那我寧願一輩子當鞋匠！」

「不懂事的孩子！都說了不會有事，你還是執迷不悟！」

「誰說不會？上個月第十七區負責運送糧食的人進去後，就再也沒有出來了！」

「那只是謠言！是人們胡亂瞎說，根本沒有這樣的事。」

「你怎麼知道人們瞎說？沒有發生怎麼會有謠言傳

出來？」

「唉！銀麟，人們為了得到騎士勳章，什麼都做得出來。難道你希望我們家世世代代都住在迷都最下層的第十八區，永無出頭之日？」

「這⋯⋯我不管！我就是不想去！」

「不行！我是爸爸！我命令你去，你就必須去！」

「是爸爸才不會讓兒子去送死！打從你讓我去送死這一刻起，你就不是我爸爸！」

「你！真是沒用的兒子！我怎麼不是你爸爸？沒有我根本就沒有你！」

「那你就自己送去吧！為什麼你自己不去？你就是個懦夫！沒用的鞋匠！」

「你！看我把不把你打個半死！豈敢對爸爸這麼說話！」

兩人一來一去地爭執不休，後來他們開始圍繞着俊樂追逐吆喝。俊樂被晃得團團轉，忍不住大聲喝止：「停！你們兩個快給我停下來！」

那父子倆不理會俊樂呼喊，越吵越烈。做父親的見逮不着兒子，惱羞成怒地伸手打向兒子。誰知一個錯手，俊樂成了代罪羔羊，「啪」的一聲清脆響亮，俊樂白乎乎的右臉頰印上了一個大紅掌印⋯⋯

父子倆終於停止了追逐，一臉尷尬地僵在那兒。

半晌，俊樂醒覺到自己無緣無故遭賞了一巴掌，捂着熱烘烘的臉蛋羞憤嚷道：「誰讓你打我的？我長這麼大，從來沒有人敢打我，甚至大聲點兒責罵都沒有！」

　　「我不是想打你，可是你老是擋在這兒，我才不小心打着你了──」

　　「我被打還是我的錯？」俊樂再也忍不住了，兩眼一酸，哇啦哇啦地哭了出來。

　　父子倆慌亂地站在原地，有點不知所措。這時小希趕緊走來安慰俊樂，怒目瞪視那兩父子。

　　「我不是故意的，都是他！」兒子把氣對向父親，說，「要不是他逼我送東西去十九區，就不會發生這樣的事！」

　　「早說這是為你好！」

　　「每次都這麼説，其實你只是為了你自己──」

　　「吵死人了！你們兩個都安靜！」灰機終於忍不住厲聲喝道。

　　那兩父子被灰機尖厲的叫聲震懾住，一時忘了爭吵，傻愣地望着眼前姿態高傲的鸚鵡。

　　「你們不准吵！先跟這位被你『不小心』掌摑的少年道歉吧！難道第十八區的人打了人都不道歉的嗎？」

　　父親看着淚眼汪汪的俊樂，意識到自己的錯，趕忙彎腰致歉：「對不起，是我不對，我鄭重向你道歉，雖

然一切是由這沒用的兒子引起。」

「明明就是你的錯，幹嘛怪罪到我身上？」

「還吵？想吵到什麼時候？」灰機再次厲聲大喝，目光橫掃那兩父子。兩人被灰機這樣一瞪，還真噤了聲。

「這兩人就是愛拌嘴，照他們這種吵法，吵到明天也吵不出個結果來。」灰機想了想，心中有了盤算，便問那兒子道，「你叫什麼名字？」

兒子撇撇嘴，道：「銀麟。銀色的麒麟之意。」

「你為什麼那麼怕去十九區？」

「呵！去了十九區，等於去送死啊！」

聽到去送死，俊樂的抽泣聲戛然而止，吶吶問道：「為什麼去十九區是去送死？那裏——不會真的有吸血鬼吧？」

「不，那可比吸血鬼還可怕百倍千倍！」喚作銀麟的青年極盡其事地睜大他那迷濛的小眼睛。

俊樂一聽，不由自主地向小希靠攏過去。

父親擺擺手搖頭道：「誇張！你就是愛誇大，根本沒有你想的那麼可怕。」

「到底是什麼那麼令人害怕？」小希問。

「你們真的不知道十九區是什麼地方？」銀麟不能置信地問。

小希和俊樂同時晃頭。

銀麟打量一下他們，嘀咕着：「看你們的裝扮不像本地人，怪不得不懂。」

他呼口氣，道：「是蠱病。」

「蠱病？」俊樂瞪大了眼。

「對，那是一種會傳染給其他人的病啊！凡是患上蠱病的人，全身會長小小的尖刺，而且痕癢難耐。可是越抓刺就越長，最後大家都不敢靠近你，自己也會被尖刺刺傷——啊，一想到就覺得可怕！」

灰機思索一下，道：「看來是疫病，也就是一種流行性急性傳染病。不過，一般這樣的傳染病不嚴重的話，一年半載就會過去，應該沒有人會再感染到吧？」

「對啊！這蠱病兩年前在十九區盛行，害得大家一聽到十九區就談虎色變，嚇得臉青唇白，不過這都過去了。宮廷裏前幾個月就貼告示出來，説有奇人治好了十九區人民的蠱病，蠱病也完全受控，但他就是不信！」銀麟的父親洩氣地瞪一眼兒子。

「誰説的！第一區的人，還有第三、四、六、八、十一……哎呀，總之許多我認識的人都説蠱病根本沒有受到控制！他們認為宮廷故意發放假消息，把病情壓下來，非常憤怒呢！況且，十九區的人到現在仍不敢走出禁區，這不正正説明他們的蠱病還未痊癒嗎？」

「你寧願相信那些人亂説的話，也不相信宮廷頒布的文告嗎？」

「當然！不怕一萬，只怕萬一。萬一受到感染，恐怕痛苦難耐，還會被隔離在十九區，永遠回不了家！」

「小希……我……我們可以不要去嗎？」俊樂忐忑地問小希。

「不行！我們有任務在身，你忘了雷歐在等着我們嗎？」

銀麟聽到小希他們認識雷歐，無神的小眼睛馬上雪亮起來。

「你們是雷歐大人的朋友？你們也要去迷都十九區？」

小希領首道：「是的，相信你們也知道，雷歐被抓走了，我們現在要給他送重要的隨身物。」

「雷歐大人在十九區？」銀麟驚愕地問道。

「不，我不確定他是不是在那裏。不過，我們必須將他需要的東西送去十九區。」

「你們到底什麼人？」

「我們是……海德家族的……盟友。」小希隨口回道。事實上他們和海德伯爵家族的確算是盟友——幫忙解開謎底的盟友，雖然他們尚未正式見面。

「盟友？」銀麟疑惑的瞄父親一眼，「什麼是盟

友？」

父親誇張地歎口氣說：「早說你不努力讀書，連什麼是盟友也不知道！」

「你懂嗎？」

「唉，呃，不就是……哦……啊！我想起來了！盟友就是一起打仗的戰友啦！」

「原來你們和伯爵家族是戰友，一起保衞着迷都！」

銀麟眼中充滿了崇敬之意，在他心目中，保護迷都的戰士是他最嚮往的職業，而解救雷歐大人更是義不容辭的事！

「你們是哪一國或哪一郡的戰士？怎麼年紀那麼小就要保家衞國？」銀麟問道。

俊樂呆呆地望着小希，小希趕緊說：「我們從很遙遠的地方來，主要負責幫伯爵家族出主意。」

「原來你們是智囊團！厲害！真厲害！」銀麟的父親讚歎道。

銀麟這時突然皺起眉頭，一副憋得很辛苦的樣子。半晌，他睜大雙眼，目光炯炯地吼道：「好！你們身為外地人，尚且能為雷歐大人深入險境，我銀麟當然也能做到！」

銀麟的父親知道兒子終於首肯，眉開眼笑地說：

「太好了！你終於想通了！這可是幫了迷都十九區人民的大忙，是做善事，積德啊！我們銀家以後一定會越來越順，越來越好！」

灰機眨了眨眼，說：「那我們不如結伴同行，好有個照應。」

小希不明所以地望向灰機，他們來到這裏執行的任務可不能節外生枝啊！

「太好了！我已經整整兩年沒踏進十九區一步。有你們陪伴同行，有什麼事大家也能互相照應呢！」銀麟開心地走近俊樂，拍拍他的肩膀。

俊樂傻乎乎地附和道：「是啊，是啊！大家可以互相照應。」

多個人總好過少個人，俊樂心裏對結伴同行的提議絕對是「舉手舉腳」贊同。

灰機進一步問道：「兩年沒進過十九區，你對那地方還熟悉嗎？」

「當然熟悉！十九區可是迷都以前的樞紐，那裏的建築式樣新穎堅固，不像這兒的泥土房，屋頂還鋪着草呢！太土了！而且十九區什麼新奇有趣的玩意兒都有！在那裏傳出蠱病前，我可是每個星期都去十九區蹓躂呢！」

「那還等什麼？銀麟，你必須確保在八點前，將物

資運送到每一個驛站。絕對不能錯過任何一個！」銀麟的父親吩咐道。

「是！」

銀麟一反常態地乖乖答應，連跑帶跳地衝出去，父親急急在背後喊道：「你知道去哪裏取物資車嗎？唉！這孩子就是急先鋒，又不踏實，將來怎麼為宮廷服務……」

銀麟的父親邊說邊追了過去。

⑩ 麵包店外的對峙

「這父子倆真是一個模子印出來，二人都這麼性急！」灰機合上了翅膀歎道。

這時小希大步站到電燈柱底下，盤起雙手，直勾勾地盯着灰機，問道：「灰機，為什麼要銀麟帶路？不能節外生枝，做正經事要緊！別忘了艾密斯團長交代我們儘快完成任務，下一個任務可能很快就來了！」

「天色快暗了，你們不怕我也怕啊！況且我是為了儘快完成任務，才有這樣的提議。我們在這裏人生路不熟，為了快點將解藥送過去謎底揭示的地方，有個熟悉十九區的人帶路不是更好嗎？」

「對啊！小希，有熟人帶路好！我可不想在可怕的十九區迷路……」

小希白了俊樂一眼，轉過頭再次問灰機：「到底是要把解藥送去哪裏？」

灰機歪着腦袋沉思一會兒，説：「反正也不是什麼不能説的地方。況且，胖子大公爵他們被困沼澤，應該沒這麼快趕來。就告訴你們吧！」

小希和俊樂馬上湊過來，引頸期盼地仰望灰機。灰機清了清喉嚨宣布：「是麵包店。」

　　「咦？麵包店？為什麼是麵包店？線索不是 22114 嗎？你怎麼從這些數字推論出去麵包店交解藥？」

　　小希感到困惑極了。

　　「你們大概沒玩過密碼解謎遊戲吧？」灰機問。

　　兩人晃了晃頭，平時學校課業繁多，課外活動今年也忙碌起來，加上多次捲入立體書世界的任務中，根本沒有多餘時間想其他事情。

　　「有聽過字母表順序密碼嗎？」

　　兩人又晃晃頭。

　　「摩斯密碼該聽說過吧？」

　　「這個有！小學時看名人傳記，發明大王愛迪生就是看到電報員傳送摩斯密碼，才對電產生了興趣！」俊樂興致勃勃地說。

　　「這組密碼其實就像摩斯密碼一樣，每一個符號代表一個英文字母，只是符號變成數字而已。」

　　「英文字母？你是說英文中最基本的 26 個字母？」

　　灰機頷首，繼續說明：「這 26 個英文字母，從 A 到 Z 都有一個相關數字替代。也就是說，這組數位的加密方法是把 A 到 Z 這 26 個字母轉換成數位。比如 1 代表 A，2 代表 B，如此類推，26 代表的字母就是 Z。當

然有更複雜一點的,比如小寫 a 代表 27,小寫 b 代表 28,還有用其他符號的——」

「夠了夠了,只要説明我們需要理解的就好。」小希趕緊阻止灰機繼續「發揮」他的學問,要不然他長篇大論只會讓大家更加混淆。

「好,既然每個數字對應一個字母,那我們的線索 22114 可以對應的字母該有好幾組。做了簡單的排除法後,可得出兩組有意義的字詞,即「22,1,14」對應的 VAN 及「2,21,14」對應的 BUN,但基於這世界還沒有出現 VAN 這種交通工具,因此謎底就是 BUN,即麵包。而交去有麵包的地方,就是指——」

A	B	C	D	E	F	G
1	2	3	4	5	6	7

H	I	J	K	L	M	N
8	9	10	11	12	13	14

O	P	Q	R	S	T
15	16	17	18	19	20

U	V	W	X	Y	Z
21	22	23	24	25	26

「麵包店！」小希與俊樂不約而同接話道。

「很好！看來我的説明還算清晰易懂。」灰機滿意地點點頭。

這時他們身後傳來了咯吱咯吱的聲響，然後一道爽朗的聲音傳來：「嗨！盟友們，你們好！」

他們轉過身去，是全副裝備的銀麟。他身穿長衣長褲，推着一輛二輪手推車。手推車那偌大的木輪幾乎與俊樂的肩膀齊高。車上滿是物資，有肉類、蔬菜、布料和一些日用品。

「這就是十九區人民一天的物資？」小希問。

銀麟點點頭，急速推動重重的二輪車向前衝去，衝勁十足地吆喝：「出發啦！」

小希等人連忙跟上。

向着十九區前進的路途中，大夥兒加緊腳程，沒再搭話，一路上只有木輪子發出的嘎吱嘎吱聲陪伴他們。

走了好一會兒，他們來到了一道圓弧形的白色石頭圍牆外。石牆中有個拱形通道，兩旁都有人看守，看來是個關卡。

關卡上方有根石柱子，石柱子頂部掛着一面紅旗，紅旗上寫着兩個華麗邊角設計的黑色字「十九」。

俊樂瞪大了眼，問：「我們來到十九區了？」

「是啊！終於到了。」銀麟説着，出示通關布符給

看守人。

看守人像是從瞌睡中驚醒過來，大概這十九區已經許久無人通過。他隨便瞄了布符一眼，懶懶地揮揮手，示意他們進入關卡。

銀麟使勁推動二輪車通過紅旗飄揚的十九區拱形通道。

小希等跟在銀麟後方，一行人踽踽前進。過了通道，映入他們眼簾的全是中世紀式樣的石頭屋，白牆刷上了淺黃色石灰顏料，橙色陶瓦屋頂，看起來古樸典雅，別有風味。這兒道路齊整劃一，房子密度大，商店林立，看得出是個高度發展的城鎮。

奇怪的是天色還未暗下，四周的建築與商店都已閉門深鎖。小希不禁想：難道十九區的人習慣在太陽下山前關店歇息？她曾在一些旅遊手冊看過某些歐洲小鎮的介紹，那裏入夜前就會打烊歇息，民風淳樸。

「怎麼商店都這麼早關啊？」俊樂好奇地問。

「是啊，以前可不是這樣的！兩年前，我總是入夜後才跟朋友們一起來蹓躂。不到午夜也不回家去，每回都被那囉嗦的爸爸責罵，甚至要挨棍子呢！」銀麟縮了縮肩膀，看來常常給父親教訓。

「那為什麼現在這麼早關店？」灰機詢問，接着推測道，「除非他們有特殊原因改變了生活作息，比如得

病後的症狀令他們不方便夜間出門。」

「對啊！他們的皮膚容易痕癢，可能不適合在晚上外出。」

「真的是這樣嗎？」俊樂幽幽地説，然後慌張地窺探四周緊閉的窗門。「他們該不會變成吸血鬼，只能在晚間出沒吧？」

小希莞爾一笑，正要取笑俊樂，誰知俊樂竟被突然打開的店門打中，咚咚地整個人往後倒去！

從屋內出來的人知道打到了人，趕緊過來查看，道：「你沒事吧？喂，喂？」

俊樂捂着給打個正着的鼻樑，叫苦連天：「我今天是走什麼倒霉運啊，一下被人打，一下遭門撞——」

俊樂話未説完，兩眼瞪得老大，哇一聲鬼叫着往後騰去幾米外的地方。

「你受傷了？」那人走向俊樂，輕聲問道，聽聲音應該是名年輕女子。

「你……你別過來！」

女子的頭伏得很低，像是受傷地離開了。小希瞥到女子的頸項和手部似乎有一些特別的印記。

「等等！」小希追了過去，道歉説，「對不起，是我的朋友無禮，請你原諒他。」

女子停下腳步，斜眼凝視小希，道：「沒關係，是

我嚇着他了，我向他道歉才對。」

「不，請你別這麼說。」

小希招手喚俊樂過來，俊樂一開始不樂意，最後他不情不願地走過來。

「快跟人家道歉。」小希説。

俊樂不敢望那女子一眼，盯着地上，道：「對不起。」

女子稍稍對他點頭，説：「沒關係，你沒事就好。」

「請問你知道這裏的店為什麼這麼早關門嗎？」小希問。

女子目光雖然沒望向小希，卻似乎覺得小希的問題很突兀。她身子挺直了些，嘴唇蠕動着正要説明，周遭卻傳來乒乒乓乓的聲響，還有各種開門聲。原來許多店鋪突然在同一時間開啟，路上不知何時出現了許多人，來來往往地穿梭在街道走廊間，好不熱鬧！

「這是怎麼回事？」俊樂閃避着路人，錯愕地問，「難道大家約好了同一時間出門？」

女子低下的頭仰高了些，這時小希看到了！她臉頰有一些暗紅色斑點，似雀斑一樣頑皮地散布於白皙的皮膚上。

女子的動作顯得極不自然，她微微偏過頭，嘴角提

了提，説：「他們不是關店，是現在才開店營業。」

「為什麼？」

女子輕聲説道：「就像你們看到的，我們身上都有一些難以抹去的痕跡。為了讓大家心裏舒服些，也不想互揭傷疤，於是我們有了共識，入夜後才出來活動。商店全是白天歇業，晚上營業。」

小希這才注意到周圍的人穿的衣服都把身體包裹得很密實，而且大多戴着頭罩或面紗，看來是為了不讓別人看到他們身上的疤痕。

女子向小希欠身，匆匆離去。

俊樂目不暇給地張望，周遭的人們因衣着密實而充滿了神秘感，而他們身上的傷疤更增添了特殊的詭異氣氛。

「原來十九區的人作息都改變了，這蠱病令本來朝氣蓬勃、繁華無比的都城變了樣，變得日夜顛倒，神秘兮兮……」銀麟感歎道。

「嗯，他們晝伏夜出，就像某些夜行生物一樣。」灰機解釋道。

「夜行生物？」俊樂打了個冷顫，心想：吸血鬼也是夜行生物……

這時銀麟冷不防拍了俊樂的肩膀一下，嚇得俊樂心臟都快掉出來。他黑着臉怒瞪銀麟，銀麟兩眼眯成縫，

開玩笑道：「對不起，對不起！呵呵！我只是想讓你放鬆一下！走吧！再耽擱下去，可趕不及八點前送完物資呢！」

俊樂雖氣憤，但看到這滿腔熱血，比他更單純的青年，氣竟消了泰半。

於是他們繼續趕路，穿行於人潮洶湧的十九區暗夜之城。

入夜後的十九區瑰麗而神秘，商店擺賣的物品也稀奇。但他們無暇駐足欣賞，一路穿梭於攢動的人羣中，左拐右彎地趕路。

幸而有銀麟這熟路輕轍的小伙子帶路，不消多久他們就來到一處透着溫馨色調的「麵包社區」。根據銀麟的説法，十九區的麵包店都集中在這裏。

社區中央有個風車形狀的石磨坊，圍着磨坊呈半弧形而建的是一間間飄着麵包香的店鋪。俊樂垂涎三尺，巴不得立即衝進店內品嘗一番！

「好啦！我得去執行任務了！盟友們，再會！」銀麟邊說邊推着重重的二輪車離開。

俊樂聞到滿街的香氣，馬上打起十二分精神，説：「灰機，快把解藥交過去吧！交完解藥，再買個香噴噴的麵包回家！」

「可是，該交去哪一間呢？」小希茫然看着前方。

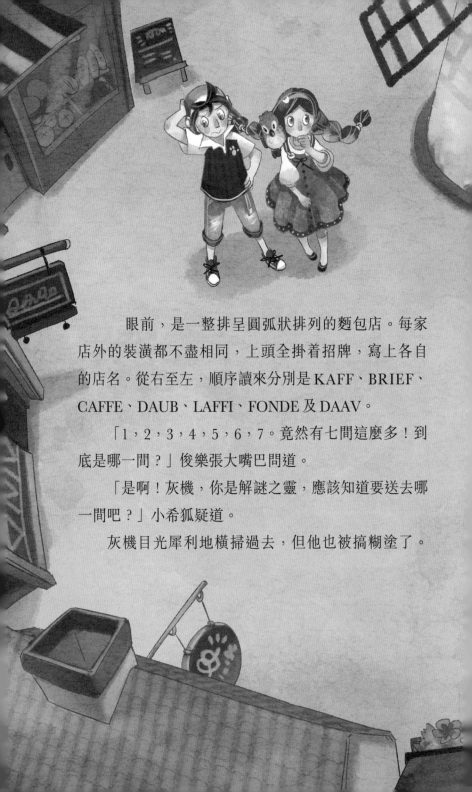

　　眼前，是一整排呈圓弧狀排列的麵包店。每家
店外的裝潢都不盡相同，上頭全掛着招牌，寫上各自
的店名。從右至左，順序讀來分別是 KAFF、BRIEF、
CAFFE、DAUB、LAFFI、FONDE 及 DAAV。

　　「1，2，3，4，5，6，7。竟然有七間這麼多！到
底是哪一間？」俊樂張大嘴巴問道。

　　「是啊！灰機，你是解謎之靈，應該知道要送去哪
一間吧？」小希狐疑道。

　　灰機目光犀利地橫掃過去，但他也被搞糊塗了。

線索提示了BUN三個字母，因此他知道必須將解藥交到麵包店。但這裏有七間麵包店，究竟哪一間才對？

灰機想了想，飛到這幾間麵包店外仔細觀察。

不一會兒，灰機飛了回來，興奮地說：「我明白了！原來那線索的提示不光是BUN，還有另一個提示。」

「什麼提示？」小希困惑地問。

「嗯，22114這幾個數字的倒序是41122。只要對應字母表，就可以找出正確的店名，而答案就只有一個！」

小希呢喃着：「4對應D，1對應A……」

突然，她恍然大悟地喊道：「我知道了，是D、A、A、V！」

灰機讚賞地笑了笑，眨眨眼道：「還不快把解藥交過去？」

小希開心地跑向位於中間，招牌寫着「DAAV」的麵包店，俊樂也興高采烈地跟過去。

哐當一聲，他們走進了布滿誘人香氣的麵包店。店內員工也與外頭的人們一樣，包裹得非常密實。一見他們進來，馬上有人回應道：「你們是來交東西的嗎？」

「對，對，對！」俊樂盯着琳琅滿目的麵包，看也不看地回應道。

「交給我吧！」其中一位店員走過來，伸出了手。

小希將解藥交過去，隨即覺得不妥，問道：「你們怎麼知道有人來交東西？」

那店員笑了笑，說：「他早就交代我們，有人會過來交東西啊！」

「他？他是誰？」小希一臉期待地看着那店員。

「他就是——」

店員還未說完，外頭卻傳來灰機尖厲的叫聲。小希與俊樂面面相覷，趕忙衝了出去！

店外，銀麟正與一位全身穿黑衣的蒙面大漢對峙着。面對高大壯實的大漢，瘦削的銀麟明顯處於下風。這時蒙面大漢一個箭步上前，自知比不過大漢的銀麟身手敏捷地跳到磨坊後。大漢逮不着人，拔腿追向銀麟。

銀麟勝在速度快，於是繞着磨坊逃跑以躲避大漢追捕。

「怎麼回事？灰機？」小希趕到灰機身旁問道。

「銀麟的物資車被這蒙面大漢的同伴搶了！」

「什麼？那可是十九區人民一天所需的物資啊！」小希忿忿地説。

「沒辦法，銀麟説他們是橫行迷都打家劫舍的惡匪，專門偷盜小市民的錢財，可恨人們根本無力反抗！這盜賊團行蹤隱秘，宮廷一直拿他們沒辦法。剛才銀麟送物資去驛站時，正好碰上這幫人，結果物資車被搶走了。銀麟心有不甘，便與他們糾纏。雖奪不回物資車，卻搶去他們極為重視的徽章，於是這名蒙面大漢就追到這裏來。」

「徽章？什麼徽章這麼重要？」

「據説是代表盜匪身分的徽章。」

「盜匪還需要身分？真稀奇！」俊樂不禁嘖嘖稱奇。

「不稀奇啊！這是一個什麼都講求階級身分的年代。」

「嗯，不如先把徽章還給他，再向他把物資車要回來吧。」小希提議。

「不可能，盜匪怎會肯跟我們談道理呢？算他和十九區的人倒霉了！唉，真是哪裏都有混水摸魚的惡徒

啊！」灰機晃晃頭，哀歎地拍了一下頭。

這邊廂，那蒙面大漢不斷繞圈追趕，卻怎麼也抓不住身手靈敏的銀麟。於是他看準時機轉換方向，終於將銀麟逮個正着！

銀麟大叫着掙扎扭動，讓大漢扯破他的衣領，成功逃竄出魔掌！

「你逃不掉的，快交出我的金徽章！」大漢怒喝。

「不！除非你交還十九區的物資車！」銀麟也執拗地回道。

「對！絕對不能讓他們得逞！」這時俊樂突然衝出去，正義凜然地站到銀麟身畔，說，「銀麟別怕，我和你同一陣線！讓我來助你一臂之力！」

「俊樂，你不愧是迷都的盟友！」銀麟咧嘴一笑，道，「我銀麟雖然膽小怕事，可是說到欺凌弱小市民的盜匪，倒從來沒怕過！」

「哈哈哈！真是不知死活的傢伙，就讓你們見識一下我金徽章大盜的強勁擒拿術……」

蒙面大漢發出嗤之以鼻的聲響，移動那足足有六尺高的身軀，往他們兩人走來。

俊樂雖說與銀麟同一陣線，但他除了在變身成黑狗時曾與流浪狗和大公爵搏鬥外，身為人類時卻從未與人格鬥，因此他此時掌心已緊張得滲出汗來。

「身為文明人，不應該用武力解決事情。有話好好說不行嗎？」俊樂仰頭向比他高大許多的蒙面大漢道。

蒙面大漢故意顯擺他那結實豐滿的肌肉和孔武有力的拳頭，狂妄地說：「什麼文不文明？我的拳頭最文明！」

俊樂竊笑一聲，道：「看來你不懂什麼是文明！那我這樣說吧，野蠻人才會用武力解決事情，明白嗎？」

「我就是野蠻人，怎麼樣？」蒙面大漢霸氣地說，然後一步一步逼近俊樂和銀麟。

「俊樂，小心！」小希在一旁看着，不禁為俊樂擔心。她知道俊樂平時只對食物有特別的鑒賞能力，運動格鬥之類的壓根兒不在行。

這時蒙面大漢突然迅速衝前，只見他左右手同時出招，一把擒住俊樂與銀麟的頸項！

兩人被蒙面大漢緊緊扼住頸項，拼命地扒開他的手掌。奈何大漢素有訓練，握力驚人，俊樂感到喘不過氣，快要憋死了……

「灰機，快攻擊蒙面大漢！」小希急急吩咐。灰機兩眼瞪大，就在小希以為他飛過去攻擊時，灰機卻往反方向飛去，飛到磨坊後面。

「你在做什麼？快攻擊他啊！」小希叫喚着，灰機卻遲遲不現身。

小希萬萬想不到灰機在這緊要時刻，竟然選擇臨陣逃脫！

眼見俊樂和銀麟快要喪命於大漢孔武有力的手掌下，小希情急下隨手在地上拾起兩塊磚頭，往大漢的頭部一敲！

磚塊碎裂開來，小希驚慌得丟下手中磚塊。沒想到這大漢被磚塊狠狠擊中，卻仍不為所動！小希大喊：「灰機！快啄他的眼睛！要不然俊樂和銀麟會沒命的！」

灰機緩緩從磨坊後飛出來，他看着俊樂與銀麟辛苦的模樣，本應「出嘴」相救。然而他此刻腦袋膠着一片，還感到全身滾燙，呼吸困難，似被濃濃烈火圍繞，動彈不得⋯⋯

突然，灰機眼前有陣涼風掠過，接着大漢應聲倒地！

待大夥兒反應過來，才發現大漢身前不知何時出現了個魁梧的白袍男子。男子戴着華麗的面具，十足從歌劇裏頭出來的魅影。

此時銀麟驚訝地大聲叫喚：「盧醫生！」

小希等人都被銀麟的大叫嚇了一跳。

「醫生？」俊樂呆呆地問。

「是，他就是盧醫生！常替迷都人民看病，卻不收

錢的俠醫！想不到盧醫生不單醫術好，身手也這麼厲害！」

銀麟拍掌叫好，一臉仰慕地走向那位喚做盧醫生的男子。

「你——是醫生？」小希問。

男子望向小希，眼中充滿了困惑，問：「你們是誰？為何來到這裏？」

「我們是來送解藥的！」俊樂快口説道，接着才醒覺到他們不能隨意透露任務內容。

男子沉吟一下，眼神閃過無法令人參透的情緒，接着他説：「那你們送到了嗎？」

「當然！雖然我們沒有好身手，但只要我們答應的事，就一定會做到！」俊樂沾沾自喜地説。

盧醫生沒有理會俊樂，他轉向銀麟説：「物資車已取回，明天會有人在十九區關卡等你，護送你到驛站。」

銀麟兩眼發光，興奮地説：「想不到此行居然有幸遇上盧醫生，能接下送物資的任務真是太好了！」

「走吧！送貨要緊。」盧醫生急促地説，似乎一刻都不想停留在這裏，率先走出麵包社區，銀麟也快步跟了過去。

小希望着他倆的背影，呢喃道：「這盧醫生渾身上

下都透着神秘的氣息。」

「嗯，不過幸好有他，不然我可就沒命了啊！」俊樂心有戚戚然地說。

「是啊！剛才真是被嚇死了——」小希一抬頭，發現灰機正站於磨坊上頭。這才記起適才灰機逃避退縮的行為，氣呼呼地瞪視他。灰機趕緊道歉，說：「對不起！我並不是不想救俊樂，只是——」

「只是什麼？」

「我……我……突然全身滾燙，好像被火燒……」

「唉，你這藉口也編得太不着邊際了吧？被火燒？這裏根本沒有火爐啊？」俊樂不禁搖頭。

「不，我真的動彈不得，不是我不要救——」灰機還未說完，便對上小希那失望的眼神，內心抽動了一下。一向高高在上的他不禁羞憤難當，賭氣說道：「好，我是廢物，可以了吧？我見死不救，見利忘義，出賣朋友——」

「夠了，我們可沒有這樣說。」

「不，你們就是這樣看我，認為我是貪生怕死的傢伙！」

「灰機，你不要怪責自己，其實是我不好——」聽不出灰機故意說晦氣話的俊樂插嘴安慰灰機。

「當然是你不好！說到底，我本來就不應該插手，

是你們把我牽扯進來！快想辦法幫我變回人類！」

「可是，我們也沒辦法把你變回去……」

「我不管！全是你們的錯！我根本不想當什麼解謎之靈，不想跟你們一起做什麼奇怪的任務！你們自己去做吧！」

「你！」小希受不了無理取鬧的灰機，趕緊拉着俊樂離開，「俊樂，我們走！不用靠他，我們也能完成任務！」

俊樂一臉錯愕地跟着小希走。

灰機眼巴巴看着小希和俊樂離去，一股失落的感覺襲上心頭。此時麵包社區驟然熱鬧起來，原來是十九區的人民紛紛湧過來購買熱騰騰的麵包。

灰機兀自站在磨坊上，望着來來往往的人海，不知何去何從。他很後悔剛才說了那些負氣的話，還把一切都怪罪到盟友頭上。雖然如此，個性孤傲的他礙於面子問題，雙腳像被綁在磨坊上，飛也飛不動。

俊樂跟着小希快步走了一段路，回頭望去沒見到灰機的影子，便猶豫地問小希：「真的不等他？」

小希停下腳步，眉頭皺了皺，說：「回去吧！」

「呵！我就知道你不會因為灰機亂說話而不理他！」

小希撇撇嘴，無奈地笑了笑，說：「還不快去找

他？」

俊樂歡快地跑在小希前頭，趕回麵包社區。

回到麵包社區，俊樂見灰機還站在石磨坊上頭，高興地揮手打招呼：「喂！灰機！」

灰機心中有一絲竊喜，但依舊放不下面子，裝出一副愛理不理的傲慢模樣。俊樂努努嘴示意小希勸導一下，小希見灰機如此高傲，差點按捺不住心中的怒氣，但她終究忍了下來，耐心地説：「艾密斯團長讓我們最遲十時前抵達時空縫隙，再不走就回不去了哦！」

灰機揚了揚翅膀，露出毫不在意的姿態，説：「反正我本來就不適合那個世界，回不去就回不去吧！留在這裏也不錯啊！還能吃到美味無比的新鮮出爐麵包！」

俊樂一聽美味無比的麵包，嘴饞得咕嘟一聲咽了一下口水。

「你！」小希皺了皺眉，又忍了下去，説，「回去吧！這裏不是我們該待的世界。」

「好吧！以後不許勉強我做自己不想做的事。」灰機勉為其難地説。

小希舒口氣，道：「好。」

「不能讓我太勞累。」

「沒問題。」

「還有──」

114

「還有？」

「不能打擊我，我經不起責備。」

小希感到很無奈，想不到灰機如此蠻橫霸道，還有一顆高傲的『玻璃心』，經不起丁點兒的指責。

「怎麼樣？答應這些條件，我才跟你們回去，否則我就在這裏留宿——」

灰機話未說完，小希卻搶白道：「你愛待在這兒就待個夠吧！俊樂，我們走！」

灰機瞪大眼看着他們離去，他萬萬想不到小希在他快要答應時突然改變態度。

他振翅飛了起來，但沒有追上去，而是目睹兩個小盟友遠去的背影。直到完全看不見二人的身影，灰機落寞地飛回石磨坊。他看着人來人往，在麵包店進出的陌生人絡繹不絕，心底更失落了。

「我只是想找個下台階，好跟你們回去啊！這樣都不能體諒我一下嗎？」

他埋首於羽翅下，像鴕鳥一般將自己隱藏於這異世界。

這時，俊樂與小希來到飄揚着紅色旗幟的十九區關卡，看守人依舊迷糊地打瞌睡。兩人順利踏出十九區，俊樂再次回頭探視，臉露憂慮地問：「真的不理他？」

小希停頓一下，道：「不是他自己說不想回去的

嗎？」

「你也知道灰機出身名門，身邊的人大概對他言聽己從——」

「是言聽計從！」

「好，好，言聽計從。所以他才會這樣愛說教，又特別愛面子。不過也因為這樣，他懂得很多事，才有辦法讓我不陷進沼澤啊！」

小希無奈地看着俊樂，雖然俊樂平時行事魯莽又貪戀美食，但倒是個心地善良，完全不記仇的朋友。

「可我們沒時間等他放下面子。」小希看看手錶，驚呼，「糟了！時空縫隙快關閉，現在不單灰機回不去，我們可能也回不去了！」

「啊，不，不！我不要留在這裏！明天還有數學測驗啊！」

「那還等什麼？」

小希說着已率先跑了起來，俊樂趕忙追上。兩人一路奔跑，匆匆趕到一開始抵達的樹林，並找到那大樹底下盤根錯節處的時空縫隙，趁旋渦緊閉前及時撲了進去！

11 石牆內的禁錮者

熙攘的十九區街道上，商店門戶點上昏暗不明的燈火。穿梭市集的人個個打扮嚴實，行動隱秘而低調，說話聲音輕微而壓抑，令這座以往喧鬧繁華的都會顯得格外神秘，而且越夜越魅惑，越夜越陰鬱。

在這詭魅的不夜城，有着比昏暗街道更陰冷孤寂的晦暗角落。

這兒，是個用石磚牆砌成的四方空間，其中一面牆裝有鐵門，鐵門旁有個密碼鎖裝置。

一位髮色鉛黃、個子嬌小的男孩屈膝抱頭坐在四方石牆的一角。他在這裏已經度過了好些時日。他不知道過了多少天，畢竟這裏看不見外面，沒有明顯的日夜分別，連膳食也是有一頓沒一頓的。他早已對食物沒有期待，因為沒有期待就不會感到飢餓。

男孩並不是沒有嘗試逃走，可惜嘗試了無數次，卻始終沒有辦法解開密碼鎖，打開鐵門。

突然，男孩身體抽搐一下。他沒有抬起頭，反而將頭深深埋進膝蓋上。不一會兒，男孩用力按壓頭部的雙

掌緊繃起來，掌骨曲張，手背青筋暴現，身子劇烈顫動着，接着他體內似乎發出細微而斷續的嗚咽聲。

男孩強忍着不讓自己發出一絲聲響，可惜沒能抑制住。從他喉間隱約蹦出嗚叫，又靜默了一陣。終於，男孩嘴裏溜出痛苦的吶喊。那叫聲撕心裂肺，猶如地底深處傳來的痛心吼叫，又如禁錮多時的困獸發狂嗷鳴。

這時，牆外有腳步聲傳來。腳步停下，鐵門上不足半尺的小鐵窗向右打開，一隻手從外邊投入一包東西進牆內。

　　男孩發狂般衝過去，扒開包裹用力啃食裏頭的藥草，不到幾分鐘已啃光。男孩好像耗盡了全身力氣，攤在地上喘息不已。不久，他的氣息漸漸回復平穩，而後竟昏睡過去。鐵窗外，一雙眼睛凝視着熟睡的男孩。

　　合上雙目後，男孩的睫毛顯得更長更捲曲。小小的嘴唇緊閉着，直挺的鼻翼和圓圓的鼻頭，飽滿白皙的臉龐……男孩的模樣既純真又稚嫩，讓人忍不住想去撫摸、疼愛。窗外的視線驟然溫柔起來，但就只有那麼幾秒，那柔和的視線又凌厲起來。他將鐵窗關上，腳步聲漸漸遠去，最後完全聽不見。

12 永哥的秘密

　　課堂上充斥着筆尖劃過紙張的沙沙聲。

　　俊樂呆望着試卷上的題目，緊握着筆卻久久無法下筆，手心早已冒出汗來。他對於解方程式之類的數學題最沒辦法了。

　　下課鐘聲響起，同學們紛紛交上試卷。俊樂垂頭喪氣地哀歎兩聲，對鄰座的祖銘發牢騷道：「我覺得發明方程式的人一定是無聊狂、虐待狂、自大狂！喜歡看人解不開他設計的題目，然後開心得拍手叫好！」

　　祖銘沒應答俊樂，問道：「你們昨天到底去了哪裏？」

　　俊樂瞪大了眼，接着他心虛地顧左右而言他：「我們沒……沒去哪裏啊！」

　　「別想蒙混過去，我都知道了！你和小希都對母親撒謊，説來我家做功課！」祖銘挑了挑眉，瞪視俊樂道，「可是你們明明就沒到我家做功課！」

　　「嗯，我……我們……不是的，我們並不想撒謊，只是——」

「只是什麼？」

祖銘目光炯炯地看着俊樂，俊樂在他的注視下，怯生生地說：「我們……去執行任務……」

「什麼任務？」

「就是——」

「跟永哥有關的任務！」

祖銘與俊樂同時望向替俊樂接話的人——小希。

「跟永哥有關的任務？」祖銘喜出望外，激動地用力拍打身畔的俊樂，「太好了！你們有永哥的消息？」

小希和俊樂見祖銘那焦急的模樣，不知怎麼回應。祖銘緊張又關心的永哥已變成了「灰機」——一隻灰色鸚鵡的事，他們可沒辦法從實招來！

小希說：「就是怕你太緊張，我們才先瞞住你。」

「那你們是找到永哥了？快帶我去看他！」

「他又離開了。」

「什麼？永哥又走了？為什麼？」

俊樂望向小希，小希知道無法再找藉口，便說：「其實，我們發現了一件關於永哥的秘密。」

「永哥的秘密？」

小希點點頭，深吸一口氣，說：「永哥其實是祁氏集團的總裁。」

祖銘似乎聽不明白，愣了半晌，說：「騎士的總

裁？有這樣的總裁？」

俊樂撲哧一笑，接着就用小希之前向他解釋的話，原原本本地向祖銘說明一遍，說完不忘取笑祖銘一番。

「不知道誰之前也一樣以為是騎士呢，還敢取笑人家……」小希不禁搖頭。

「真想不到……你們確定他就是永哥？」祖銘嘴巴張得老大，似乎很不能接受永哥的真實身分。

「我一開始也不能接受，而且不知道他為什麼『失蹤』了？」俊樂轉向小希，「小希，你知道為什麼嗎？」

「他不願意告訴我們的話，我們是沒辦法知道的。」小希聳聳肩說。

祖銘皺了皺眉，呢喃道：「永哥本來是一家大集團的總裁，那為什麼他要離開集團、家人、朋友，甚至躲避所有人，當個流浪漢？」

「對啊！怎麼想都想不通，沒理由好好的大老闆不當，去當個一無所有的流浪漢啊！」俊樂這會兒倒認真地思考起來，但他馬上兩眉一抬，說，「哎呀，下次見到灰機時問問他就好了嘛！對不對，小希？」

「灰機？你是說飛機？」

「噢，不，不，我是說，有『機會』見到永哥再問他。」俊樂好不容易蒙混過去。

「你們知道他在哪裏？那就快帶我去見他！」祖銘期待萬分地説。

俊樂與小希兩人面面相覷，想不出個説辭來。

「你們……不是不想讓我見永哥吧？」祖銘狐疑地看着他們倆。

「不是不讓你見，是……是……」俊樂支支吾吾，始終開不了口。

「永哥有事拜託我們。」小希説道。

「什麼事？永哥不是遇到什麼麻煩了吧？」祖銘着急問道。

俊樂望着小希，他實在不懂小希要怎麼跟這糾纏不休的祖銘解釋，祖銘可不是輕易就能應付的傢伙啊！

「永哥他……失蹤前遇到了一件事。」

「什麼事？」

「雖然他不肯説出事情的始末，不過他請我們幫忙找那個讓他成為罪人的人。」

「讓他成為罪人的人？永哥真的犯過罪？」

小希領首，祖銘嘴巴張成了「O」字型。

小希繼續説：「他之所以失蹤，就是因為要找這個人。如果找不到他，永哥應該暫時不會露面。」

祖銘瞪大雙眼，而後皺緊了眉頭，義不容辭地説：「那還等什麼？我們現在就出發去找這個人！」

「現在？你知道去哪裏找嗎？」俊樂問。

「對啊，該去哪裏找呢？」祖銘望向小希。

下一秒，他激動地拍一下桌子，害得所有同學都看過來，他趕忙壓低聲量説：「我知道了！」

三人齊聲説道：「祁氏集團！」

＊　　　　　＊　　　　　＊

烈陽下，高聳入雲的銀灰色大樓玻璃窗映射出藍天白雲的天空鏡像奇觀。

小希、俊樂及祖銘三人輾轉查問，終於來到這座大樓底下。

俊樂呐呐地説：「想不到永哥的公司這麼大……我們要進去問什麼？」

祖銘難以置信地説：「確定是這裏？我們沒找錯吧？」

小希把手抬至眉頭，眯着眼端倪眼前那宏偉而美麗的「藍天白雲」大樓，説：「這裏真的會有我們想知道的答案嗎？」

猶豫納悶了一陣後，三人終究走進祁氏集團那新穎亮麗的大門。大門是一道鑲嵌了縱橫交錯厚實木條的玻璃門，把手與祁氏集團的標誌一樣，是個簡單的獅子頭圖案設計，極具氣派而高尚。

小希推開那獅子頭圖案的把手，走了進去。

裏面是個寬廣無比的空間，左邊安置了咖啡座及幾排寬敞舒適的座位，應該是供顧客等候時歇息喝茶。面向大門是個簡潔得過分的櫃枱，櫃子與牆壁合為一體，皆為純淨的白，幾乎看不出接縫。而整片白牆上，就只有集團的獅子頭圖案標誌。

　　小希向櫃枱人員說明來意，那人一聽是找祁任永的家人，臉色驟變。她按下內線電話，向電話中人說明小希等人的來意，就請他們一行三人去咖啡座等候。

　　小希沒想到會如此順利，對伙伴說：「或許很快就能知道永哥到底犯過什麼罪了。」

　　祖銘及俊樂咽一下口水，全身緊繃起來。

　　不一會兒，一位西裝筆挺，看起來謹慎穩重，約莫三十歲的男子走向他們問道：「請問你們是？」

　　「我們是永哥的朋友！」祖銘馬上突兀地站起來說。

　　「永哥？你們知道祁任永在哪裏？」男子的眼神馬上銳利起來。

　　「不，我們目前並不知道他的下落，只是之前見過他。」小希回道。

　　「你們知道祁任永的事？」男子眼眉低垂下來說。

　　「其實我們只知道永哥原本是祁氏集團的總裁，在兩年前失蹤。後來他四處流浪，恰好被他的家人救

助。」小希指向祖銘，然後繼續說，「我們來這裏，是想知道永哥為什麼會離開祁氏集團。」

男子神色顯得羞愧，他沉吟一下，說：「我是祁任永的弟弟，也是祁氏集團代理總裁。其實，我們大家也不知道他為什麼要離開。」

「你們不知道？不可能吧？永哥是不是犯了什麼大錯？」祖銘按捺不住地問道，男子對祖銘的話顯得很訝異。

小希立即拉着祖銘坐下，說：「你們是永哥的家人，對這件事難道一點頭緒也沒有？」

男子皺了皺眉頭，吐口氣道：「家醜不可外揚。」

「到底什麼家醜？難道你要眼睜睜看着永哥一直當個流浪漢？」

男子似乎難以啟齒，祖銘終於忍不住了！他氣憤地指責男子道：「你就是不希望永哥回來，好讓你繼續當祁氏集團總裁吧！」

小希與俊樂把衝動的祖銘按下來，一臉尷尬地向男子致歉。

「要是真想當總裁，我就不會拒絕董事部的委任，堅持當代理總裁了。」男子說。

「那為什麼你不希望永哥回來？」祖銘問。

「如祁任永能回來，我當然求之不得，我根本不想

被束縛在高大的玻璃牆內。」男子露出一絲不忿的神情。

小希仔細觀察男子，發現男子沉穩的面容中，有着一絲桀驁不馴的氣韻。

「你也是祁氏家訓的受害者吧？」小希說。

男子頗為訝異，道：「我哥跟你提過祁氏家訓？」

男子改口稱祁任永為「我哥」，大概對小希放下了戒心。

「嗯，他開口閉口都是祁氏家訓，什麼無所不知，無所不能，看來被荼毒得不輕。」小希說。

男子忍不住咧嘴笑了笑，接着他嚴肅起姿態，認真地對小希說：「我只知道，當年的大火應該是我哥離開的肇因。」

「大火？」

「是，外界也有報道。但後來我們集團買通媒體，將消息壓下來，知道這件事的人並不多。」

「大火跟永哥有什麼關係？該不會是永哥放火吧？」祖銘着急問道。

「當然不。我哥可是集團總裁，怎可能放火燒自己家的酒店？」

祖銘紅着臉道歉：「對不起，你繼續說吧，我不插嘴。」

「那一次大火，有住客因此受到牽連⋯⋯」

「難道有住客意外燒死？」這回輪到俊樂緊張地插嘴。

男子低下頭，眉頭緊蹙，抿緊了嘴唇，似乎極不想提起這段往事。

「真的死了？」小希問。

「不，他沒死⋯⋯」男子說着，緩緩抬起頭吐了口氣，「但那孩子全身嚴重燒傷，恐怕很難適應這個社會⋯⋯」

「你們公司沒有賠償嗎？」小希問。

「當然有，只是那孩子必須忍痛進行多次換膚治療，很難融入周遭的人。他家人曾說孩子不想治療了，甚至想放棄生命⋯⋯」

眾人靜默下來，想到那被火舌吻傷的孩子經歷着各種難以承受的痛苦和異樣目光，心底很不舒服。半晌，小希又問：「永哥就是因為這件事離開了祁氏集團？你不是說他沒有放火嗎？為什麼他說自己是罪人？」

「那孩子會被燒傷，主要因素是我哥遺失了逃生門鑰匙。若逃生門及時開啟，那孩子就不會被困火海，更不會燒傷⋯⋯」

「原來如此，我明白了！永哥是因為內疚而離開。」

「也許吧！」

「原來永哥説自己是罪人，是因為有人因為他的疏忽而受傷。」祖銘終於冷靜下來，説道。

男子突然顯得有點煩躁，説：「祁氏集團酒店自開業以來，從未發生過火災。管理手冊也嚴厲闡明，必須每個星期檢查酒店所有設施，確保設備安全乾淨。經過調查後，發現那場意外竟是因為電線插座過度負荷而起火⋯⋯就算如此，這根本不是我哥的錯！錯就錯在我哥這麼巧，在那天弄丟了逃生門鑰匙。可是我哥從來不會這樣不謹慎⋯⋯」

「你懷疑有人偷了逃生門鑰匙？」小希挑了挑眉，問道。

「我不知道，事情過了那麼久。況且我哥在隔天就失蹤了，根本無法查明真相。不過，我絕對不相信他會犯這樣愚蠢的錯誤！」

小希摸摸下巴，她覺得事情太湊巧了。一向謹慎的永哥，怎麼偏偏在起火當天遺失鑰匙⋯⋯

「這件事好像有隱情啊！」俊樂模仿小希的姿態，摸着下巴説。

「可以請你告訴我們，當年的受害者是誰，現在住哪裏嗎？」小希問。

「你要查他？他不可能放火吧？他可是受害者。」

男子説。

「不，他當然不是放火的人。但從他身上，或許可以找到一些線索。而且永哥會不會回來，跟這孩子有莫大關係。」

「好，你們等我一會兒。公司一直以來都資助他的治療費用，這裏應該有他的資料。」

「嗯，也請你將當年的剪報，事件相關的搜查資料等等一併給我。」

「好。」男子應答後，匆匆走開。

「為什麼要搜查資料？」俊樂疑惑地看着小希。

「就像你説的，這件事很可疑，我嗅到了犯罪的氣息。」

「你是説有人陷害永哥？」祖銘説話時眉頭都緊皺成一字眉了。

小希抿抿嘴，神情凝重地注視那偌大白牆上的獅子頭標誌。

13 看不見的故事

　　小希、俊樂與祖銘仔細研究了當年那場火災及後來的全部資料，知曉那可憐的受害者是一位名叫子聰的十四歲男孩。當時，子聰與家人一起住進祁氏酒店。不過案發當天因身體不適，決定單獨一人留在酒店休息。

　　由於吃了藥物，酒店起火時子聰仍在昏睡中。待他醒來火勢已趨猛烈，錯過了逃生的時機。而當他欲從逃生門逃走時，門卻無法打開，消防員無法及時救出子聰，導致他嚴重燒傷。

　　隔天剛好是周末，小希三人約好明早一同去拜訪這位受害者後，就各自回家。

　　小希趕回家時，已是夜晚時分。雖然如此，她一點兒都不覺得疲累。永哥身上的謎團令她的「偵查之魂」蘇醒過來。

　　她心想：到底是什麼原因令灰機離家出走，寧願當流浪漢也不回去當總裁呢？

　　　　　　＊　　　　　　＊　　　　　　＊

　　隔天，小希早早醒來。她帶上立體書，打算先去俊

樂家一起翻閱《迷都十九區》接下來的內容，看看下個任務是什麼，審判者又會對伯爵夫人及海德家族開出什麼樣的難題。她希望心底有個譜後再去與祖銘會合，探訪那飽受傷害的少年子聰。

她想起母親徐堯，隨手拿了張廢紙，寫下「媽咪，我去朋友家做 project。記得要準時吃飯。」

她把紙張放在平時媽咪最喜歡的角落──窗邊的一張四方木製小矮桌上，就匆匆開門出去。

小希離去後，徐堯似乎聽到聲響，便從房子獨立隔間的工作室入口打開門，走到客廳去。她這幾天做着一份舊屋翻新的設計圖，趕得沒日沒夜，昨夜乾脆就在工作室內的沙發牀睡覺，連孩子幾點回來也沒注意。

「小希？你出去了？小希？」

她找遍屋子也找不到人，於是推開小希敞開的房門，走了進去。

牀墊鋪得整整齊齊，書櫃也收拾得井井有條，分類清晰，穿過的衣裳掛好在壁櫃旁，櫥櫃內的擺設和收集品都擺放得整潔而美觀。

「這孩子就像她爸爸，什麼東西都有條不紊……」

徐堯下意識提起小希的爸爸，話一出口又感到有點突兀，心想：怎麼又想起他？

在徐堯印象中，小希的爸爸已經離開她們多年，歲

月快讓她忘了夫妻之間相處的點滴。

　　她沒在意太多，準備轉身離開房間。就在順手關上小希房門時，卻在門邊的櫥櫃上看到一件熟悉的東西。她拿起它，看着那復古的圖畫，驚歎地說：「哎呀！好久沒聽這張黑膠唱片了！」

　　她仔細端倪封套，喃喃念道：「比華利⋯⋯是了，比華利！以前常常和范黎（小希的父親）一起聽她的歌，還會聞歌起舞呢⋯⋯」

　　徐堯腦海浮現幕幕難忘的記憶，嘴角溫柔地牽動。那是一段美好的時光，雖然記憶中的影像已模糊不清。

　　「景物依舊，人事已非⋯⋯」徐堯凝視着唱片，雙手微微用力地握着唱片邊緣，眼中泛出些許光芒。

　　她將那黑膠唱片擁入懷裏，釋懷地笑了笑，便輕輕關門離去。

　　　　　　＊　　　　　＊　　　　　＊

　　小希來到俊樂家時，正愁時間太早，生怕驚擾到俊樂的家人，豈料俊樂從屋裏走了出來。

　　「俊樂！」

　　「咦？小希？」俊樂匆忙走來，「我正要去找你呢！」

　　「你也這麼早？」

　　俊樂打開籬笆門的門閂，這時小希才發現俊樂兩眼

浮腫，還有明顯的黑眼圈，十足被人揍過的樣子。俊樂有氣無力地說：「你不知道，我昨晚失眠了。」

「失眠？為什麼？難道你偷喝了咖啡？」

俊樂有點難為情地支吾着，然後說：「不知道灰機昨晚在哪裏睡，有沒有吃東西……」

小希明白過來，歎口氣道：「是啊！迷都十九區有別於我們的世界，不曉得他會不會遇到兇險……對不起，俊樂，我應該耐心一些。畢竟灰機一向心高氣傲，從來沒有向別人妥協或認錯。」

對於把灰機留在迷都十九區的事，小希也一直忐忑不安。儘管艾密斯團長曾提及短暫逗留於異世界並不會給他們帶來明確的壞影響，但她依舊有些擔心。

「不，我也有錯。我應該硬把他帶走的！」俊樂也歎口氣，道，「說到底，灰機自己也有錯。」

「現在說這些也沒用，我只想馬上去迷都十九區找他。」

「沒問題！」

他們身後傳來一把聲音，兩人同時轉過頭，見艾密斯團長正精神抖擻地走向他們，後方還停着一輛畫滿奇異圖案的白色小卡車。

「艾密斯團長！」兩人一起叫道。

「需要這麼驚奇嗎？呵呵！你們不是早知道我會來

134

嗎？」艾密斯團長攤開手，一副迎向他們的紳士姿態。

「灰機留在迷都十九區，他趕不及回來——」

「我這不是趕來帶你們去嗎？」

艾密斯團長擺擺手，做了個請上車的動作，小希及俊樂趕緊跳上車。

卡車搖晃着，迅速地行駛，很快他們便來到皇宮路附近的公園步道。小希聽到一陣馬蹄聲，然後艾密斯團長招了招手，將馬兒叫過來，說：「這是邁克和廉恩，牠們會帶你們進入時空縫隙，前去迷都十九區。完成任務後，牠們也會帶領你們回來。」

「牠們是你的馬？」俊樂望着兩匹高大而毛色褐黃的駿馬，好奇地問道。

「嗯，我最近職務繁重，沒辦法跟你們一起去。加上這趟任務可能需要走很多路，怕耽誤你們回來的時間，因此讓牠們充當座騎。」

「可是……牠們只是馬……」小希沒有將心中的話説出口，但艾密斯團長已經猜到小希的疑慮，道：「放心！邁克和廉恩跟了我很久，對於時空縫隙開啟和關閉的時間和入口有一定的感應。」

艾密斯團長讓小希和俊樂下車，把他們安頓在馬背上。

「那就這樣，我得趕去送信了！」説着艾密斯團長

發動車子，臨走前他調一調車鏡，道，「有件事忘了跟你們說，立體書可能暫時無法顯現接下來發生的事。因為亞肯德增加了障眼法的強度，目的是不讓你們看見故事發展。」

「啊？那我們不僅看不見謎題，連接下來要做什麼任務，跟什麼人有關也全不知道？」小希擔憂地問。

「我們看不到故事進展，怎麼去執行任務？」俊樂也擔心地問道。

「磨難來臨之前，不會事先告訴你。」艾密斯團長頓了頓，目光透出一股異樣的光芒，緩緩地說，「記住，未來掌握在你們手裏。」

「未來掌握在我們手裏？」俊樂重複說着這句話。

「呵呵，故事如何發展，還需要你們自己開創。」艾密斯團長意味深長地說。

「我們怎麼開創故事？」小希不解問道。

「對啊！我們又不是迷都十九區的人？為什麼要由我們開創《迷都十九區》的故事？」俊樂附和道。

「而且，萬一我們沒有完成任務怎麼辦？《迷都十九區》的世界會不會因此而崩塌？立體書世界的能量會不會轉移至亞肯德身上？」小希說完，隨即意識到她的擔憂對艾密斯團長來說應該是多餘的。

艾密斯團長果然露出一貫天塌下來當被蓋，發生什

麼事都不打緊的姿態說：「一切都會好轉的，放心。」

「放心？我們現在糊裏糊塗的，什麼情況都不懂，怎麼放心？況且我們根本沒騎過馬……」小希喃喃嘟囔着。

艾密斯團長似乎沒聽到小希的話，開着車子揚長而去，而邁克和廉恩也動了起來，跑向公園內。俊樂和小希都是第一回騎馬，既緊張又新鮮。

俊樂拉着韁繩，原先緊繃的手慢慢放鬆下來。隨着馬兒奔馳，髮絲往上飛揚的他，感到臉頰冷颼颼的，心情無比暢快，道：「原來騎馬這麼好玩！」

在後方跟着的小希可就難受了，她全身繃緊，狼狽地緊握韁繩，生怕一個不小心被摔下馬去。

兩匹馬兒極有默契地一前一後飛奔着，始終保持一定的距離。不久地們來到公園內連接大湖的其中一個小湖泊，停在湖畔。

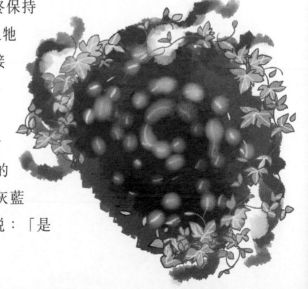

小希和俊樂看見瀕臨湖畔種植的柳樹上顯現一圈灰藍色的旋渦，俊樂說：「是

時空縫隙！」

　　小希點點頭，就這般連人帶馬一起穿越旋渦，轉眼沒了蹤影。而那旋渦也逐漸轉變成柳樹的綠，像變色龍般隱藏起來。

14 往事

灰機一整晚都沒有飛離麵包社區。

他窩在石磨坊屋頂像鴕鳥一般，將頭埋在羽毛下，直到肚子發出飢餓的咕嚕聲。灰機居高臨下，俯視着煥發昏黃光暈的麵包社區，回想起往昔種種。

在他落魄無助成為流浪漢「永哥」時，時常遭人俾倪、唾棄。後來遇到好心幫助他的詹叔和祖銘一家，幫他找到了無人居住的「綠色房屋」暫住，再輾轉搬去城中表演中心的廢棄宿舍。那時候的他對一切沒有人出沒的地方、不讓人發現的角落都感到很安心。也許是這樣，他看到那昏黃的溫暖社區，心中不免有點害怕。他怕人煙密集之處，也怕那看起來溫馨的氛圍。但那種恐懼漸漸又消失了，取而代之的是記憶中母親給他鋪好牀，輕拍他背部的親切感。

剛鋪好的米黃色牀單又香又舒服，母親手心的溫度好暖好安心。

他憶起小時候的點滴。

那時的母親時常穿着華麗的衣裳，臉上塗抹了體面

的妝容，在盛大炫麗的舞台演唱。而他，經常在一堆濃妝豔抹的阿姨照護下觀看母親演出。

阿姨們老愛貼近他的小臉頰，用塗滿紅色唇膏的豔麗嘴唇親他。他雖然不樂意，但被眾人圍繞、疼愛的感覺，還是讓他欣喜的。

喜歡戲劇與歌唱的母親三不五時帶他去城中表演中心，觀賞歌劇和各種藝術表演。他幾乎每個星期都會到那裏報到，與母親一同欣賞表演後，令他雀躍無比的時光便來臨。他總會第一個衝出表演廳，到表演中心附設的咖啡廳吃濃濃巧克力香的布朗尼蛋糕，他每每吃得嘴沿沾滿黑黑的巧克力醬。母親會笑着說他是最可愛的黑面貓，再用美麗的絲質手絹輕柔地為他擦去污漬。

這樣的幸福時光很快就消失，隨着一位穿戴優雅、儀態端莊的老太太到來，他的生活驟然發生了天翻地覆的轉變。母子倆住進一幢雙層豪華大宅，他再也不能隨意蹦跳。他的言行舉止都有專人教導指示，每天要讀的書堆滿了書桌和房間，要做的事寫滿牆上的行事曆，而他最喜歡的母親也變了樣。母親再也不像從前那樣與他玩耍，任他在懷裏撒嬌，反而搬進樓下的單人房，即使吃飯也沒辦法跟他一起吃。

他成為祁氏家族的一員，與父親、爺爺奶奶、叔伯親戚們同坐一張餐桌用餐，但母親並沒有因而提升她在

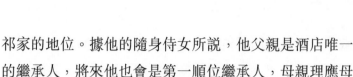

祁家的地位。據他的隨身侍女所說，他父親是酒店唯一的繼承人，將來他也會是第一順位繼承人，母親理應母憑子貴沾一些光。可是由於母親當過歌女，身分地位低微，是祁家不能公開露面的媳婦，地位與女傭差不多。

住進大宅後，學習行程排得滿滿的他根本沒有機會與母親相聚。他常利用午睡時間溜到母親房間，向母親述說一切，埋怨祁家許多看不順眼的事。但母親總是勸他要萬事忍耐，並叮囑他聽從家人的安排 。

在祁家，他擁有了生平第一個專屬豪華套房。他每天準時起牀，準時入眠，時常變換着教師和生活督導，還有一大羣叔伯姨嬸給他訓示祁氏家訓。

他謹守祁氏家訓努力學習，最後果然不負母親和家人所願，長成眾人期待的樣子，母親臨終前也難得展露欣慰的笑臉。

母親逝世後，他依照家族指示管理全世界無數的酒店，帶領祁氏家族走向國際。他認為這就是他想要的生活，無所謂開不開心。

就在一切看似順心如意的時候，上天跟他開了個玩笑，在他當值的新酒店發生火災。他失職弄丟了逃生門鑰匙，致使入住酒店的男孩不幸燒傷。

灰機憶起當時的情景，眼神倏地充滿驚懼！

男孩衝出房間，在熊熊烈火中向走道這端的他求

救，但烈火隔開了他們。男孩無奈跑向走道另一端，卻打不開逃生門。男孩拼命嘶喊尖叫，漸漸被火吞噬……

那是他多年的夢魘。

事發後他沒有勇氣詢問男孩的情況，唯獨男孩當時烈火纏身、絕望尖叫的樣子緊緊纏繞他的腦海。最終，他逃了出來。他一直以來處事完美，實在無法接受自己犯下如此可怕的罪過。

不，他只是不敢面對自己的錯誤……

他什麼都沒帶，只隨手帶走曾經很喜歡的瓷碗。

他辜負了母親，還有大家的期望。

他無法原諒這樣的自己。

他要逃離一切。

他是無恥的罪人……

灰機凝視着眼前的溫馨社區，百感交集。他逃出齊家後，第一次如此清晰地面對自己的往昔。

「我是罪人。變成灰機也好，回不去也好，一直待在這個世界也好……」灰機嗚咽着，遂把頭重新埋進翅膀，昏昏睡去。

迷濛中，灰機聽見了一陣悉悉索索的聲響。接着，他感到全身有點溫熱，一把聲音在不遠處嚷着：「我就知道他還在這裏。」

他不願醒來，仍沉醉於苦惱的夢境中，怎知那聲音

繼續嘰嘰歪歪地嚷叫：「起牀啦！太陽都曬到屁股了還不起來？昨晚是不是沒吃東西？快起來！肚子不餓嗎？」

他別過頭繼續睡，身體忽然有股刺刺的冰冷感覺。他不得不醒來，看到羽毛沾上水珠，原本心情鬱悶無比的他似乎找到了宣洩口。他扯開喉嚨，朝磨坊底下的人破口罵道：「哪個混蛋那麼大膽？敢在我身上潑水？」

俊樂那頑皮的臉龐映入灰機眼簾，說：「誰叫你睡得那麼死，怎麼叫都叫不醒？」

「哼！你是故意整我的吧？」灰機氣呼呼地飛下去，想對俊樂厲聲責備一番，可當他看到俊樂手上的「雞屁股」，氣一下完全消去。

「哪兒弄來的？」灰機啄了一個大塊的，狼吞虎嚥起來。在他成為流浪漢『永哥』時，他可是最喜愛這食物啊！

「剛才在路上看到有人把一大堆賣不完的雞骨頭、雞屁股扔到路邊，撿了一點……」俊樂說罷吐吐舌頭。

「什麼？」灰機吐出嘴裏未啃完的雞屁股，激憤地質問，「這雞屁股是丟在路邊？你是撿回來的？竟然給我吃垃圾？」

俊樂一臉不在乎地回說：「有什麼問題？鳥兒不都吃路邊的腐肉嗎？況且這雞屁股根本還沒腐壞啊！」

灰機氣得不想理他，別過頭去。這時，他才看到石磨坊旁站着兩匹駿馬。

「那兩個傢伙，不會是你們的吧？」

「是艾密斯團長借給我們的座騎！邁克和廉恩可厲害了，好像能聽懂人話，我說要走哪兒，牠們就去哪兒。」

「講到艾密斯團長我就氣！每次都不見人影，把任務交給你們這兩個小屁孩，高高在上地指揮我幫你們解謎，然後什麼都不做就拍拍屁股離開。哼！真不知道他是不是存心陷害！」

「艾密斯團長也有自己要做的任務啊！」小希幫腔道。

「每次都這樣說，還不知道是不是真的。」灰機滿臉不服氣地噘着嘴。

這時小希突然打了個響指，說：「對了，剛剛一直戰戰兢兢地騎馬，差點忘了一件很重要的事。」

「什麼事？」俊樂問。

「艾密斯團長臨走時不是說，會看不見立體書的故事內容嗎？」小希邊說邊從背包抽出厚厚的立體書。她打開第五跨頁，俊樂和灰機趕緊湊過來。

立體書第五跨頁是幅平面圖，而且只有小部分畫面是較為清晰，大部分頁面是一片模糊的影像。

其中的人影依稀可辨認出是海德伯爵夫人，她手中提着某個東西，但到底是什麼就看不清了。

「為什麼畫面不是立體？還這麼模糊？」灰機問。

「艾密斯團長説亞肯德大公爵增加了障眼法的強度，現在不只看不見謎題，還讓我們看不清楚接下來發生什麼事。」小希解釋時，趕忙翻閱接下來的頁面，果然每一頁都空蕩蕩的，什麼都沒有。

第五跨頁之後的立體書竟成了無字天書！

「後面的故事完全消失了！」

「哼，一定是為了報復我們讓他掉進沼澤。胖子亞肯德真是太小氣，太過分了！」俊樂忿忿不平地説，「他每次不爽就用法術害人，真是心胸狹小，老……老繭……」

俊樂啞着口，想不起怎麼形容。

「老奸巨猾。」

「對，對，對！老奸巨猾！」俊樂憤慨説道，接着他似乎想起了什麼，喃喃地説，「對了，小希，我們是不是還忘了一件很重要的事……」

「什麼事？」

「我們今天來這裏……到底要做什麼？」俊樂撓撓頭，道。

小希這才驚異地發現，她居然忘了穿越時空來到迷

都十九區的最重要目的！

「怎麼辦？艾密斯團長沒有交給我們任何牛皮紙，我們根本不知道這回的任務是什麼，來這裏究竟要做什麼啊！」

小希覺得自己真的太不夠鎮定，也太不謹慎了，居然把最最重要的任務忘記。

「那我們這趟豈不是白來了？」俊樂説。

這時一旁的廉恩温和地嘶叫幾聲，眾人望過去，發現牠的馬鞍底下竟夾着一張牛皮紙！

俊樂衝過去將牛皮紙抽出來，念道：「伯爵夫人的秘密堡壘。」

「伯爵夫人的秘密堡壘？」小希重複着説。

「伯爵夫人不是住在城堡中嗎？城堡有那麼多人守衞，還需要秘密堡壘？」灰機聲量尖鋭地問道。

「也許⋯⋯伯爵夫人也有不想讓人知道的一面。」小希猜測道。

「那我們現在要怎麼辦？」俊樂問。

「管他什麼秘密，總之先出發去海德城堡！」灰機亢奮地説。早在看到這本新奇的立體書那一刻，他就巴不得馬上去探探立體書中那巍峨的城堡了！

俊樂將手放進嘴巴，臉色慘白地説道：「不是吧？我們要去海倫娜被咬死的海德城堡？」

　　小希沒理會俊樂，她費力地爬上馬鞍，說：「走！出發去海德城堡！」

　　邁克連連嘶叫催促俊樂，俊樂吐口氣，無奈地跳上馬背。

　　一路上邁克及廉恩腦中似乎裝了GPS定位系統，毫無懸念地疾速奔跑。沒多久，他們已轉進通往海德城堡的蜿蜒山路。

　　由於騎不慣馬兒，顛簸的山路令小希和俊樂感到頭昏反胃。灰機也不願搭這樣搖晃的順風車，早早飛了起來，在前頭領着他們。

　　大約又騎了一小時，他們終於隱約看見那座城堡。

　　此時已接近晌午，日頭猛烈直射，大夥兒都有點吃不消。俊樂發現前方大樹林立，底下一片陰涼，高興地提議道：「小希，不如我們休息一會兒再走吧！」

　　他們加快步伐，走進潮濕陰暗的山林。小希讓馬兒慢下來，環顧四周。這兒樹木參天，比山下挺拔高大許多。小希隱隱感到一股不安，似是空氣中蘊含着不知名的危險氣息，猶如童話故事中滿布兇險的黑森林。於是她說：「還是直接去城堡吧！我不想節外生枝。」

　　「唉！小希，休息一會兒不會耽誤多少時間啦！你不累，馬兒也累了啊！」

　　俊樂說完馬兒居然附和地嘶鳴起來。

147

「看吧！馬兒也抗議了！牠們想休息啊！我們就讓牠們休息——」

俊樂未說完，他們耳邊卻傳來嗖嗖的聲響。灰機左閃右避地咿呀怪叫起來，接着幾十枝箭射在馬兒腳邊的地上。

馬兒慌亂地跳起來，小希和俊樂差點兒沒被拋下馬背！兩人剛穩住身體，一羣古代騎士裝扮的士兵迅速衝出來，一字排開阻擋着他們的去路。

俊樂抖着聲道：「怎麼辦？他……他們會不會對我們怎麼樣？」

才說完，幾名士兵衝上來，取出韁繩三兩下制服了馬兒，再用一張大網抓住灰機。小希和俊樂當然也難逃被抓捕的命運，士兵將粗麻繩套在俊樂頸項，俊樂掙扎不已，結果繩子反而勒得更緊。俊樂感到呼吸困難，像落入獵人手中的牲畜，馬上要被送上市場任意宰割。與此同時，他耳邊傳來小希和灰機七嘴八舌的凌亂聲音。

「俊樂，別掙扎，沒事的！」

「我們不是壞人，快放了我們！」

「你們不可以這樣對待貴賓！我們可是艾密斯團長叫來幫助伯爵夫人的貴賓！」

可惜士兵們毫不理會他們的說辭，只當他們是胡說的罪犯，將他們押走了。

15 伯爵夫人與秘密堡壘

　　小希、俊樂及灰機一路被推搡着前進，任憑他們如何解說，士兵們都充耳不聞。

　　俊樂終於放棄道：「看來這些士兵真是士兵。」

　　「廢話，他們本來就是士兵啊！」灰機搖頭道。

　　「呵！死腦筋士兵，我算是見識到了！」俊樂嘟起了嘴。

　　「別計較了，他們也是聽命行事。」小希試圖澆滅兩位盟友的怒火。

　　來到城門處，一名士兵跑向城堡稟報。不一會兒，一位將領模樣的人匆匆跑來，對他們致歉道：「對不起，士兵們不知道你們是貴賓，請多多原諒！」

　　接着那將領轉向押解他們的士兵，大喝道：「還不快放了他們！他們可是迷都的賓客！」

　　士兵們慌亂地道歉並將他們鬆綁，粗大的麻繩一解開來，俊樂和小希立即辛苦地咳了幾聲。

　　「我從小到大還真沒有被人這樣捆綁，萬一我喉嚨痛得吃不下美食，那該怎麼辦？」

俊樂故意提高了聲量，士兵們個個不知所措。

「抱歉！士兵們不知道你們是伯爵夫人的貴客⋯⋯請隨我來。」將領說着已率先走進城堡。

俊樂本想對士兵們責備一番，小希卻拉住俊樂，叮囑他：「夠了！」

二人趕緊尾隨將領而去，灰機亦急急拍翅跟上。

通往城堡的紅石路兩旁盡是地球沒看過的優雅高大樹木，光是看着已夠賞心悅目。轉眼間一座埃及藍屋頂、純白色牆身的夢幻城堡矗立於他們眼前！

雖然在立體書場景見過這巍峨城堡，但親眼看見還是讓小希他們驚歎萬分，個個看傻了眼，仔細欣賞每一個細節：磚塊、城牆、窗戶、門把、窗框、雕塑⋯⋯

城堡大門開啟，又是一幕夢幻場景，通往城堡的綠色步道，魁偉的噴水池，城內的古典擺設，氣派的室內裝潢，鬼斧神工的雕飾，甚至走道的每一塊地磚，都是令人讚歎不已的景觀。

「在這裏待幾個月也不會看膩吧？」小希心想着，邊走邊貪婪地看個不停，「如果此時能使用手機就好了。」

她巴不得自己的雙目是一部攝錄機，能夠將整個過程拍攝下來。可惜艾密斯團長說過，但凡立體書世界未出現的科技，比如相機、手機、電腦等等，在這世界都

無法發揮作用。小希唯有奢望自己能盡量將看過的影像烙印在腦海裏。

　　他們來到一座富麗堂皇的殿堂，天花板垂吊着那偌大鑽石型水晶燈散射出光芒，令皇宮般的殿堂增添了幾許瑰麗詭秘的色彩。

　　一位體態高雅的夫人站在殿堂前那大型雕塑裝飾壁畫前，緩緩轉過身來。

　　她正是海德伯爵夫人。

　　「與立體書上看到的簡直一模一樣！難道他們是用立體攝影機把伯爵夫人拍下來做成立體書……」小希不禁懷疑。

　　海德伯爵夫人渾身透着金色光暈，身上華貴的金絲質料衣裳令她整個人看起來就像神話中的天神般神聖。

　　伯爵夫人清了清喉嚨，道：「你們是艾密斯團長的朋友，也就是我的朋友。來，讓我看看你們。」

　　小希等人在夫人溫暖的話語中着了迷，漫步走向前去。

　　海德伯爵夫人打量着他們，她的目光毫無威脅壓迫，還包涵了莊重與慈愛。

　　「辛苦你們了，請你們一定要幫幫可憐的雷歐。」

　　「伯……伯爵夫人，您……您別這麼說，我們還沒幫到什麼忙——」俊樂支吾起來，紅着臉說。他大概不

習慣如此尊貴的人紆尊降貴來跟他們說話。

「不，我都知道了。艾密斯團長跟我提過，由你們——小希、俊樂和一隻曉得解謎的灰色鳥兒幫忙送佛羅蒙給雷歐。」

小希和俊樂想不到伯爵夫人竟然記住了他們的名字，有點受寵若驚。

伯爵夫人看着他們，抿了抿嘴，吐一口氣，終於將一直以來隱藏的憂慮說出來：「可憐的雷歐從小就受盡家族遺傳病的折磨，現在更被擄走了……一想到他可能受到的凌虐和痛苦，我……我沒辦法當作什麼事都沒發生，沒辦法繼續管理公務……可是在大家面前……卻不能倒下……」

伯爵夫人此時已忍不住掩面痛哭起來，從雷歐被擄走那刻開始，她始終忍耐着。在家族及國民需要她的時候，她必須保持清醒及克制。直到遇到小希他們這些外人，她緊繃的情緒一旦放鬆，馬上崩潰了。

俊樂與小希看着高貴優雅的伯爵夫人哭得身子不斷顫抖，看起來十分脆弱，一時手足無措，想安慰她又不知從何說起。

「你放心，我們一定會儘快完成任務，不讓雷歐繼續受苦。但我們需要你的幫忙。」灰機語氣穩重地說。

伯爵夫人抬起頭望着灰機，有點摸不着頭腦，道：

「我能幫什麼忙？」

「你的幫忙可重要了，所以夫人您就別再沉浸悲傷。要學孩子們，他們從不懷疑未來的希望。」

伯爵夫人微微側目，似乎對說出這些話語的鸚鵡感到相當好奇，她揣測道：「你真的是一隻鳥兒？」

「呵呵，我目前的確是一隻鳥。」灰機紳士般以翅膀做了個作揖的動作。

「想不到一隻鳥也能說出這麼激勵人心的話，我又怎能繼續沉浸悲傷？」伯爵夫人擦去淚水，道。

「那句話其實並不是我說的，那是來自我們世界的一位詩人——泰戈爾。」

「你真是博學多才，灰——機？」伯爵夫人試着喚，神態已恢復莊重。

俊樂和小希知道灰機什麼都學過，但想不到他居然能隨時引用詩人說過的話來安慰別人。

「這灰機雖然高傲，但也的確挺有本事。」小希心想，決定對他傲慢的態度及行徑寬容些。

「可以告訴我，我能幫忙做些什麼嗎？」伯爵夫人問。

「首先，你必須帶我們去你的秘密堡壘。」灰機說。

「秘密堡壘？」

「是的。一個其他人不知道，只有你知道的地方。」

伯爵夫人皺起眉頭，對灰機的要求很是驚訝。她低頭沉思一會兒，心底似乎在交戰着。半晌她便有了決定，抬起頭說：「好吧，你們隨我來。」

伯爵夫人領着他們走向偏廳，再通過一條長長的華麗迴廊，來到一間牆上雕刻着各種埃及圖案的房間前。

「這是？」小希忍不住停下來，仔細觀看那古樸的圖畫。

「這是先民留下來的語言，可惜現在已經失傳，我們的國民中已沒有人能破譯這些文字。」

伯爵夫人接着遣散在門口駐足看守的兩位侍者，招呼小希等人入內。

裏頭是間寬敞的房間，裝飾高尚典雅，桌子和壁櫃擺放着許多看似稀世珍寶的物品。

小希嘖嘖稱奇，道：「這裏的物品看起來好像有一定的歷史。」

「呵呵，你真有眼光。這些是前朝的無價之寶，是我們祖先使用過的物品，屬於先民的出土文物。」伯爵夫人點頭讚許道。

小希、俊樂和灰機讚歎地欣賞着這些「寶物」，曾研究過一些考古文獻的灰機說：「這些文物感覺與我們

世界那些商周文物有些相似。」

「灰機你不是説過，不同世界可能有雷同的歷史事件嗎？現在連藝術作品都雷同呢！」小希説。

「是啊！歷史洪流及發展都有一定的循環和定律，或許連朝代也有驚人相似之處！」灰機説着飛到一件青銅器前，細細觀察銅器上的紋路和圖案後，忍不住評論，「這根本就是商周出土的酒杯嘛！你們看這個形狀，漂亮的銅色，深腹下鼓，長長的三足，實在太妙了！啊！還有這個！就像當時調兵遣將時使用的虎形兵符！」

灰機往右一點觀測，又發現另一件與商周相似的兵符，驚歎不已。

「這些都不是最珍貴的。」伯爵夫人如此一説，大夥兒都閉嘴靜候她下一步動作。

伯爵夫人慎重地關上房門，走向牀頭櫃，再拉開第二個抽屜，裏頭有一本厚重的皮製書本。只見夫人按下書本中央用圓形火漆印章蓋過的金色封蠟，牀頭櫃便緩緩地向左側平移過去。大夥兒這才看清櫃子後方的牆上，原來有一扇門。

門上畫滿了形似古埃及圖案的圖形，很是神秘。灰機望了一眼門上的圖案，驟然尖叫一聲。

俊樂頓時嚇得整個人跳起來，看到什麼東西都沒有

出現，才大大鬆口氣。

「灰機，怎麼啦？」小希問。

「我看見一件東西，嗯⋯⋯」灰機眯起眼，想了想，說，「是個充滿古埃及色彩的東西。一個精緻的橢圓銀匣子，下方三足鼎立，半圓弧形的匣身布滿雕刻，還鑲嵌着五彩繽紛的寶石！」

夫人聽見灰機的描述，赫然一驚，道：「你怎麼會知道這件東西？」

「我也不知道。不過據我成為解謎之靈的經驗，這件物品與我們所要執行的任務有極大的關係。請你一定要將這東西借給我們看看！」

伯爵夫人慎重地頷首答應，接着，她將左右兩隻手掌平放在圓形動物雕飾把手的圓心部位，門瞬間向後退去，一個偌大的空間展現眼前。大夥兒都睜大了眼，萬萬想不到牆後有如此空曠的空間。

伯爵夫人對他們說：「走吧！」

小希、俊樂與灰機依次跟隨夫人走進了「秘密堡壘」。

秘密堡壘的磚牆顏色與海德城堡牆身並無差別，極目所望盡是白色磚塊，但空間之大卻遠超出他們的想像，猶如從未被人發掘的古文明堡壘，整個布局和規模完全不遜色於海德城堡。

這座秘密堡壘有多大無法估計，畢竟從他們現在的視角只能管中窺天，看見堡壘的大廳和幾個深不見底的通道和迴廊。這裏的牆面沒有華麗裝飾，卻刻有與入口石門類似的古樸圖案，彰顯這古堡的歷史與神秘感。

「這裏是一直沒有被外界發現的古文明世界。」伯爵夫人説。

大夥兒都大感吃驚，想不到迷都世界竟藏有如此龐大及完整的古文明！

「海德家族從幾個世紀前就發現了這古文明國度，但由於許多未曾被揭示出來的神秘事物，我們不能將它公諸於世。」

「神秘事物？什麼神秘事物？難道……」小希咕噥着，撫摸下巴細細思索，然後突然緊張問道，「你們家族的怪病不會是因為這樣而來吧？」

灰機和俊樂望向夫人，夫人閃過遺憾的眼神，頷首道：「沒錯，當年第一次發現這古文明堡壘的祖先們進入這裏來，隨後就陷入歇斯底里的狀態，不一會兒更有人因此喪生。」

大夥兒一聽，不禁杯弓蛇影地緊靠在一塊兒。

「別擔心，據我們祖先記載，那是因為某種隱秘的古文明病毒入侵了身體，寄生於海德家族的男性體內，但這種病毒隨着那一次寄生後就消失無蹤。之後進入秘

密堡壘的後人，再沒有感染病毒。」

聽到病毒已消失，大夥兒才鬆口氣。

「雖然如此，這種病毒卻以寄生的方式存在於海德家族的男性子孫中，一直延續到今天。海德家族男性體內都潛伏着不知名病毒的基因，世世代代流傳下來。」

「這種疾病不會傳給其他人嗎？」俊樂問。

伯爵夫人晃晃頭。

「目前沒有人因此受感染，但也說不準，沒有發生的事我無法預測。再且——」伯爵夫人目光謹慎地環顧四周，眉宇間浮現憂慮，說道，「我們不能讓這樣的古文明被其他人發現。」

「為什麼？」俊樂感應到危險，反射地問道。

「這裏還存在着不可預知的危險。比如從這條通道走去，可以通往冰樓。」

「冰樓？」

「是。還沒走到冰樓，氣溫便會驟然轉冷，那兒的溫度比起這裏低很多，是人體無法承受的。另外，這裏還有布滿荊棘的第二地下道，那又是另一個無法預知的危險地帶，充滿了奇異獸類。而第五實驗室則有一部很大的機器在運轉着，好像會排出難聞的氣體。呵，總之這古文明堡壘是個謎樣的世界，一個不為人們知道的世界。直到今天，海德家族都不敢讓族人真正去窺探這些

區域。這是我們海德家族要守護的秘密堡壘，嚴禁他人走進這禁區。」

「所以這秘密堡壘只有海德家族知道？」灰機問。

「不。祖輩有規定，每一代會選擇一位適當的人守護這裏。這一代，剛好傳給了我。除了我，其他族人並不知道。」

「為什麼不能讓其他族人，還有你們世界的其他人知道？」俊樂不明所以地問道。

「這是禁止讓危險蔓延到我們世界的唯一辦法吧。」夫人歎口氣，無奈地說，「這座古文明堡壘非常可能是史前文明，即早在我們的世界存在以前就出現。他們之所以會毀滅，或許正因為他們發展到了文明的頂點。」

大夥兒對這樣的說辭感到新鮮，也從來沒聽過史前文化的宇宙觀。

「文明發展到頂點，原來會引來毀滅？」俊樂問，他從來沒想過文明有可能帶來不好的影響。

伯爵夫人感歎道：「世界越文明，或許就離危險越近。人類真的很渺小，別妄想主宰一切，否則啊，只會自取滅亡。」

小希若有所思地頷首，撫了撫下巴，問道：「那你之後打算傳給誰？誰會繼續守護這座秘密的古文明

堡壘？」

此時伯爵夫人眉頭緊蹙，呼吸急促起來。半晌，她平復了情緒，愁容滿面地說：「是海倫娜。」

大夥兒聽到是海倫娜，都驚愕不已。

「可是，海倫娜不是已經……」俊樂吶吶地說。

「是！可憐的海倫娜。她本是接棒的海德家族成員，可惜……」

就在此時，他們聽見了細微的沉悶聲響，一聲接一聲，微微震盪了回音，像是敲鐘響的節奏。

「有緊急事項！」伯爵夫人快快走向其中一個步道，說，「得快點了！」

他們隨着伯爵夫人走向其中一扇門後的步道，不一會兒便轉進另一扇門。門後又是一條長長的迴廊，這迴廊左右兩側有幾道階梯。他們走上左側的第一道階梯，誰知還未走到盡頭，又延伸另一道階梯，如此轉折前進，好像來到一個扭曲的奇異空間。

俊樂走在後方，緊緊跟着小希，怕自己一下跟丟了找不到來時的路。幸好階梯坡度不陡，爬起來並沒有很費力。不久，他們來到一扇大石門前方，伯爵夫人說：「這是寶藏之門。」

說着她已推開了石門，裏頭果真如她所說，塞滿了各種各樣的寶藏，有珠寶、金飾、銀器、閃閃發光的玉

石等等。

「這兒是以前的皇族收藏寶物的地方。」伯爵夫人匆匆走向右側，打開堆滿寶物的櫃子，從中取出一件與灰機所描述相符的銀盃，遞給灰機。

「這就是你要的，是嗎？」

灰機點頭，然後讓小希拿着銀盃，讓他好好瞧瞧當中的玄機。

銀盃雕飾着許多圖案，但灰機在漏斗狀杯口處發現了線索，大聲道：「在這裏！」

眾人湊過頭來，仔細察看灰機所指的位置，那兒畫了幾個特殊的圖案。灰機説：「我學習古希臘歷史時看過這種文體，是古埃及的文字──聖書體。」

「聖書體？」小希重複道。

「對，是古埃及時代盛行的語言和文字。」

「可是，我完全看不懂呢！」俊樂説。

「你當然看不懂。這可是必須對古埃及文字有研究才能看懂。」灰機答。

「你看得懂，對嗎？」小希問。

灰機拍拍翅膀，姿態高傲地説：「當然，這點事難不倒我。誰讓我那麼喜歡研究各國文化和文字呢？而且我們祁家人是無所不知，無所不能──」

「咳咳，灰機！」小希清了清喉嚨提醒灰機。

「哦，我的老毛病又犯了，不好意思。」灰機吐吐舌頭，然後繼續説下去，「我記得當時一看到這古埃及文字，馬上就着迷了，甚至為了讀懂這些文字幾天幾夜不睡，還找了許多關於古埃及文字的研究文獻，知道了這種文體稱為聖書體，是盛行一時的文字——」

「時間緊迫，快破譯謎題吧！」小希再次提醒灰機，她知道灰機一解釋起來又沒完沒了。

「呵，好……」

灰機目光鋭利地端詳杯沿圖案，看了好一會兒，漸漸發現了其中的奧秘。他用尖利的喙將圖案依樣葫蘆地啄下來，成為一組新的圖案。

大夥兒看着地上的圖畫，都感到摸不着頭腦。

「這是這次的任務？這三個圖案到底表示什麼？」伯爵夫人問。

「人形圖案代表孩子，火鶴鳥在古埃及代表的是紅色，而這個符號代表房子……」灰機說着用翅膀指着圖案，破譯道，「這表示紅色房子內的孩子。我猜你的孫子雷歐現在被關在一所紅色的房子內。你快想想，迷都

163

十九區哪裏有這樣的房子？」

「迷都十九區的紅色房子……十九區大多都是土黃或白色建築……哦，對了！有個地方有紅色的房子！」

「哪裏？」大夥兒異口同聲問道。

「一家醫館。」

「醫館？」

「對，那是一位深得人心的醫生所開設的醫館。我也是從密報得知這一號人物，聽説他醫術了得。我一直想跟他會面，想不到他竟然抓走了雷歐。」

夫人説着，皺起了眉頭。

「別跟我説那是盧醫生開的醫館。」灰機歪着頭説。

伯爵夫人驚異萬分地看着他，似乎被灰機説中了。

「盧醫生為什麼要抓走雷歐？」小希問。

夫人也感到困惑，説：「我不記得海德家族與他有過節。不過，如果他就是審判者，難道……」

「到底是什麼，伯爵夫人？」灰機問。

伯爵夫人抿抿嘴，説：「我還不能斷定。請你們到大殿等一等，我必須立即跟你們一起去醫館！」

＊　　　　　＊　　　　　＊

小希等人在大殿等候夫人，對於夫人紆尊降貴要求與他們同行，大家都覺得不可思議，顯得局促不安。

「為什麼夫人急着要跟我們一同去？」俊樂問。

「應該是太擔心雷歐吧？你想想，一個才五、六歲的孩子被綁架這麼多天，不知道有沒有吃好睡好，也不知道是否還完好無缺……」

灰機沒有明說，但俊樂和小希都不敢繼續想像。

此時夫人換了出行的便服，匆匆走來，對他們說：「走吧！」

他們跟隨夫人及士兵走出城堡，卻聽見城牆外傳來吵雜的吆喝聲。

「剛才聽到的緊急鐘聲，應該就是因為這些人。」夫人說。

之前領着他們到城堡的將領跑了過來，報告說：「伯爵夫人！一羣憤怒的民眾要求見您，否則就要衝進城堡！」

伯爵夫人看看小希他們，她內心交戰着，進退兩難。最終，她選擇以大局為重，慨然對他們說：「我沒辦法捨棄我的子民，也許這就是我的使命吧！」

「這些人是誰？怎麼這樣野蠻？」小希皺起了眉頭，她真的很氣惱這些讓伯爵夫人傷心的人。

「他們是厭惡十九區的人民，今年已經是第三次了，目的是逼迫宮廷出兵移平十九區，以免蠱病禍害其他區域。」

「十九區的蠱病不是已經受到控制了嗎？」小希不解問道。

「是，我有定期派人到十九區跟進人民的病情，知道他們已經痊癒，蠱病也完全受到控制。這一年來，我們已經向人民發布了無數次告示，也做過正式的宣告，仍然於事無補。人們對蠱病的恐懼一直無法消除，唉！」

「不能因為他們的無知而對十九區發動戰爭，那十九區的人民太無辜、太可憐了！」小希忿忿地説。

「對啊！他們得病已經很不幸，病好後留下難看的疤痕，又要遭大家排斥，現在居然還要趕盡殺豬？」俊樂氣憤地説。

「是趕盡殺絕！夫人，請你一定要保護好十九區的人民，不能依從這些人的意思。」小希説。

「我會竭盡所能跟我的國民解釋。」伯爵夫人承諾道。

就在這時，一位士兵匆匆走來，交給夫人一張牛皮紙。

「誰送來的？」夫人問。

士兵晃頭，回道：「不知道，他只説了句『最後通牒』就走了。」

「最後通牒？難道是──雷歐？」

　　夫人着急地展開牛皮紙。可惜她完全看不出個所以然。夫人一臉驚懼地向灰機求救：「你快看看這是什麼意思？」

　　灰機接過牛皮紙，只見紙張中央有一行字母，寫着：「lkppanu」。字母右上角，則是小小的一行字：「n+4」。

　　俊樂湊過來，懊惱地問：「這是哪一國的文字啊？難道是外星文？」

　　「別亂説！灰機，你應該能解出來吧？」小希意識到事態嚴重，認真地詢問灰機。

　　灰機點點頭，道：「這是經過加密的密碼文字，與之前我們看過的字母密碼類似，只不過這次是透過字母移位來加密。」

　　「字母移位？」

　　「是，n+4表示要在a至z的字母順序上加4，即往後移動四個位置。l之後是m、n、o、p，第四個就是p。那麼k對應的就是o，如此類推——」

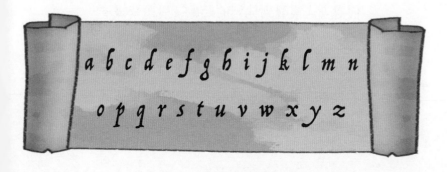

a b c d e f g h i j k l m n

o p q r s t u v w x y z

眾人齊聲念道：「pottery（即陶器）！」

「解謎成功！太棒了！原來解開謎底是這種感覺！」生平第一次解謎的俊樂不禁開心得手舞足蹈。

「別太高興。即使解開謎題，還是不懂這代表什麼意思。」灰機説。

「對啊！這裏有pottery嗎？是哪裏的pottery？要它來做什麼？」俊樂問。

「我現在沒辦法回答你，必須看到關鍵物品才能知道答案。」

「又是關鍵物品！灰機啊，我覺得你這個解謎之靈的本領也太麻煩了，總是要等關鍵物品或人物出現才知道該怎麼做。」

「別説了，現在我們只能走一步看一步。先去伯爵夫人所説的醫館救出雷歐！」小希説。

「怎麼救？」俊樂一臉傻憨地問道。

小希和灰機面面相覷，對如何營救雷歐毫無頭緒，也沒有把握能否順利完成任務。

伯爵夫人察覺到他們的疑慮，眉頭緊皺。

「哎！總會有辦法的。而且我們剛剛已經解開了最後通牒的謎底，相信去到醫館，自然會知道該怎麼做。」小希學着艾密斯團長一派輕鬆的口吻説。

「是啊！有我這解謎之靈在，一定會找到辦法！」

灰機自信十足地說。

俊樂似乎也接收到盟友們的信息，趕緊說：「別擔心，夫人！正所謂三個臭皮匠，勝過一個諸葛亮嘛！」

「咦？你這歇後語用得不錯啊！我要對你刮目相看了！」小希忍不住稱讚俊樂，灰機也拍起翅膀讚賞他。

俊樂怪不好意思地撓撓頭，說：「哎呀！沒什麼啦！正所謂救人一命，勝造七級糊塗……」

夫人、小希及灰機愣了愣，接着都撲哧一聲，笑了出來。

「是勝造七級浮屠！你這大糊塗！」灰機糾正道。

氣氛緩和下來，伯爵夫人收起笑臉，誠摯地拜託他們：「雷歐就拜託你們了！」

「嗯！」

兩人一鳥慎重地答應夫人後，匆匆辭別夫人，爬上他們的座騎邁克及廉恩，由守衛帶路繞開示威民眾，朝十九區邁進。

16 被火舌吻過的少年

　　一名少年氣呼呼地跑在小希家附近的公園步道，嘴裏憤憤念叨着：「給我看到你們，不把你們揍扁，我就不是阿弟！」

　　這位少年正是一而再，再而三被兩位朋友「當成藉口」和「放鴿子」的祖銘。

　　由於時常要到父親的雞飯檔幫忙，祖銘極少機會與朋友外出。因此當他和小希、俊樂約定好一塊兒去拜訪子聰的時候，他心底的快樂與期待簡直非筆墨能形容。

　　他興致勃勃地一早起牀到市場買油條和豆漿，準備與朋友共享美食，誰知左等右等，等到油條變軟，豆漿冷掉都等不到朋友到來。他嘗試打電話聯繫小希和俊樂，但電話那端一直傳來嘟嘟聲，怎麼都打不通。祖銘氣得早點也吃不下就匆匆出門找二人去。

　　可惜如他所料，兩位朋友都不在家，而他也再一次在朋友的母親面前發窘，並被迫幫朋友圓謊。

　　此刻，祖銘緊捏着朋友們的練習簿，心裏的憤怒達到極點！

他迅速穿過小公園，漫無目的地跑在路上。跑着跑着，他竟跑到了永哥早前住過的「綠色房屋」。

綠色房屋還是一樣荒廢着，沒人願意買下這任由綠色植物寄生攀附的地方。

看着這無人青睞實則生機勃勃的綠色房屋，每個死寂角落似乎都有綠芽拚命萌生出來，祖銘緊皺的眉頭稍微舒展開來，他想：沒有他們，我也一樣可以幫永哥！

祖銘拿出小希昨天交給他的字條，上頭寫着：「茨廠街煙纏巷三十七號。」

他抿抿嘴，用手機找了怎麼去這地方，隨即匆匆離開綠色房屋。

祖銘從巴士上下來，走在陌生的都會街頭。這地方是城市的老街，以往曾是繁華市場，但祖銘一次都沒有獨自來過。他只記得父母在很久以前，帶他來吃過老街著名的釀豆腐及雞飯。

他邊走邊看路牌，找到了茨廠街，穿梭於街頭巷尾。這時間，許多人剛從溫暖的被褥爬起，有的開始尋找生計，準備開檔，有的來到這兒尋找老街的美食和老時光的味道。

太陽雖然和煦，但心急如焚的祖銘卻已滿頭大汗。這茨廠街的巷子看起來千篇一律，陰暗狹窄，地上凹凸不平，走在其中還須防備踩到積水或垃圾。祖銘走來走

去，有些地方甚至走了兩遍，始終找不到字條上所寫的煙纏巷。

祖銘正想着要不要詢問路人，卻見一位老婦人坐在巷口，眼角腫了一塊烏青，身上的衣服也沾上些許血跡。他本能地想過去慰問，但走前兩步就停下。

他猶豫了。

他左顧右盼，見沒有人對這位受傷的婦人伸出援手，心裏有點疑惑，大家怎麼都沒有憐憫之心？

才這麼一耽擱，巷口走出一位年青男子，他低着頭扶起那老婦人，婦人掙扎道：「我不回家！給我酒！」

「原來是『發酒瘋』，怪不得沒人理她。」祖銘想。

男子不理會老婦人的掙扎，硬是將她攙扶進巷子內。婦人吆喝着手腳胡亂揮舞，不意打了那男子一巴！

男子捂着被打的臉頰，這時祖銘看到男子另一側臉上的捲曲狀疤痕！

那疤痕如一個肉瘤，似有生命地在生長，從頸項爬上臉頰，再從臉頰爬到他的眼角、額頭。

祖銘被嚇着了，一臉驚愕地看着男子。男子剛好望過來，目光陰冷地盯着祖銘。祖銘趕緊合上張得老大的嘴，卻掩飾不了臉上的驚恐。

男子皺了皺眉頭，兩手使勁拉扯婦人，大聲喝道：

「還想惹多少麻煩？」

老婦人見男子發怒，乖乖地跟着男子走進巷子內。

祖銘愣了一愣，脫口而出：「子聰？」

這時他瞟到被堆於巷口的雜物擋住一半的路牌，上頭依稀可以看出「煙」字。「纏」字看到左半邊，而「巷」字則被完全遮擋。

「這裏就是煙纏巷！」祖銘趕忙追了過去。

巷子內，男子攙扶老婦人走進其中一扇殘舊的門內，祖銘喚他：「子聰！」

男子偏過頭，斜睨祖銘。祖銘走向他，問道：「你是子聰，對吧？」

男子翻了個白眼，回道：「他死了。」

說着男子扶着老婦走上陰暗狹窄的階梯。

「等等，你說子聰死了？怎麼死的？」祖銘跟着爬上窄小階梯。

老婦人這時指着男子，說：「聰仔，不要咒自己死，不吉利！」

男子轉過頭來，他知道沒辦法否認，於是說：「這裏不是你該來的地方，請回去。」

「不，我有事要問你。因為你，永哥可能再也不回來了！」

「子聰」停下來，問：「永哥？」

「對，永哥是當年弄丟逃生門鑰匙的人。」

子聰臉色驟變，原本平靜冷酷的面容顯現驚慌與恐懼，身體急劇地抖了抖，反射地從體內深處喊叫出來！

那是心底極度驚恐而自然發出的暗啞叫聲。

子聰愣了下，直到聽見回盪於樓道的吶喊回音，才醒覺到他的失態，深吸口氣讓自己冷靜下來。

被火舌吻過的情景是他的夢魘，雖然已過去幾年，他還是常常會在火紅的滾燙夢境中醒來。

他呼吸急促起來，說：「你走！我不想聽到這些事！」

子聰快步走上階梯，把老婦遺留在身後。

祖銘幫着攙扶老婦走上去。

階梯上方是個小小的四方客廳，廚房就在客廳右側，前方有一扇門，估計是房間。房間與廚房之間有一條小小的走廊通出去屋子的其他地方。

祖銘讓老婦人坐在客廳的籐椅上，自個兒走向子聰，說：「我們懷疑當年火災有人故意縱火！」

在洗着手的子聰關上水龍頭，側過頭道：「縱火？」

「是，我和朋友去過祁氏集團總部，也仔細了解過當年的事，覺得事有蹊蹺，不是單純的意外事件。」

子聰背向祖銘，僵在那兒。

這時在一旁的老婦人哀傷地哭了起來，哭得好淒涼、好傷心。

「縱火？」子聰轉過身來，似乎在說着其他人的事一般，語調平靜地說，「為了治療我身上難看的傷疤，父親逃走了。外婆用盡積蓄給我植皮，又動了無數次美容手術，現在什麼都沒有了，還欠下一堆債務，只有透過喝酒來麻醉自己。而我，每天只能躲在屋裏，出門就被當成可怕的怪物，成績考得多好也沒人願意聘請我工作。如今你告訴我是有人故意縱火？」

祖銘難過地低下頭，說：「正因為如此，才更需要知道真相，不是嗎？」

「知道了真相可以讓我恢復以前的樣子嗎？可以讓人心甘情願的聘請我，不把我當怪物嗎？你說，可以嗎？」子聰說到最後，還是禁不住放聲大叫起來，但他立即察覺到自己失控的態度，趕忙說，「對不起，我不是怪你。」

「我沒有資格怪任何人，當天是我自己不想出門，找藉口要留在酒店休息，其實是想多玩一會兒遊戲機。玩累了我才睡去……」

子聰眼神閃過各種情緒，有恐懼、憤怒、羞辱與害怕，最後是深沉的哀傷。但他把這些情緒都抹去，以盡量冷淡的口吻說：「是我命該如此。我不想再想起這件

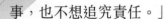

事，也不想追究責任。」

　　祖銘還想說，子聰已下逐客令：「你走吧！我和外婆現在只想平靜地過日子。」

　　祖銘無奈地走下階梯，走了幾步便回頭說：「可是永哥因為你的事很內疚——」

　　「我不認識永哥，他怎麼樣跟我沒有任何關係。請別再來了。」

　　祖銘想不到怎麼勸他，洩氣地走下樓。在樓道口推門出去時，他不小心弄翻了在門邊堆積的雜誌。他趕忙拾起來，疊回去時祖銘瞥了雜誌封面一眼，不以為意地走了出去。

17 紅色的房子

　　小希、俊樂與灰機一行人騎着馬，在天色剛要暗下來時抵達十九區。此時正是十九區的人們開始活動的時間，路上行人擁擠了起來。

　　「不知道盧醫生的醫館在哪裏？」俊樂問。

　　「去問人吧！」小希説着，然後向一位正拉開店閘的女子問話，「請問你知道盧醫生的醫館怎麼去嗎？」

　　女子雖圍着面紗，但從她布滿細紋的眼角看得出有一定的年齡，她警惕地看了看小希，問道：「你們找盧醫生有什麼事？你們真的認識盧醫生？」

　　聽女子的語氣，似乎擔憂他們會對盧醫生不利。為了消除女子的疑慮，小希説：「我們是銀麟的朋友。銀麟的物資車遇上點問題，盧醫生説過會盡可能幫忙解決。」

　　那女子果然知道盧醫生讓人保護銀麟的物資車一事，她放下了戒心，説：「你們等我一會兒。」

　　女子走進店內，小希他們朝店裏望去，瞥見店裏滿滿的新奇玩具，兩眼都瞪大了起來。

177

「好漂亮的玩具風車！哦，那是馬車嗎？還有銀色的小小士兵！好精緻！」俊樂説。

「那個是錫製的士兵。我聽説中世紀貴族家中才會有這樣的錫製玩具。不過，這士兵也做得太精緻了吧……」灰機説着雙目也發出光芒。換作從前，他鐵定會買幾件回去收藏。

「是不是很想擁有？」俊樂眨眨眼，接着他似乎想到很棒的想法，興奮地説，「不如我們偷偷帶一個回去我們的世界……」

「不行！艾密斯團長説過，不能隨意取走立體書世界的任何東西。」小希斬釘截鐵地阻止道。

「是，是。知道了……」俊樂灰頭土臉地應答。

這時女子從店內出來，將一片四方小布交給小希，説：「照這個路線，很快就到了。」

小希立即依照布上所畫路線，指示馬兒前進。

由於騎着馬兒不便於穿越熙攘的街道，待他們來到布片標示的目的地時，天色已經完全暗下來了。

小希望向眼前的目的地，道：「這是醫館？」

眼前是一家白色石灰泥鑄造的房子，款式與周遭房屋類似，看起來像是普通民房。

俊樂左看右看，困惑地説：「怎麼看都不像醫館啊！而且也不是紅色的——」

俊樂還未説完，門陡地一開，他慌忙向後跳開，驚呼：「好險！差點又被打中啦！」

門內的人臉色晦暗地朝他們揮揮手道：「看什麼看？快走！」

小希他們向那人致歉後悻然離開。

「那女子竟然欺騙我們。唉！想不到十九區的人對盧醫生如此保護。」小希感歎道。

「看來盧醫生在這裏的分量不輕，不是隨便能見到的人。」灰機説。

「那怎麼辦？找不到醫館不就沒辦法救出雷歐？」俊樂着急問道。

大夥兒焦躁不已地在原地打轉，什麼都想不到。這時灰機突然雙目一瞪，鼓動起翅膀，説：「對啊！紅色的屋子！」

只見灰機往上飛騰而去，在華燈初上的夜晚，他一眼就辨認出那顏色明顯暗沉的屋頂，他高興地在空中朝他們喊話：「快跟上我！」

小希及俊樂策馬循着灰機飛去的方向前進。為了儘快抵達目的地，灰機避開人潮，帶他們繞去小路及後巷。終於，在一段長途奔馳後，他們來到了真正的「紅屋」。

這醫館與其他十九區的房子明顯不同。一般民居多

是堅固的白色石灰牆及橙黃色陶瓦屋頂，窗口及門框也多是圓拱形的古羅馬風格，但這醫館屋身則是偏紅色的石磚，屋頂是紅色瓦塊，在一眾黃色房屋中顯得相當突出。因此當灰機從空中俯瞰，雖然燈火昏黃，他還是一眼就瞧見這「萬黃叢中一點紅」的醫館。

小希及俊樂風塵僕僕地從馬背上下來，讓馬兒在門口候着，走進盧氏醫館。

盧氏醫館沒有像他們預期的門庭若市，來看病的只有小貓三兩隻。

一名年輕女子匆忙走來，問道：「你們是誰？有預約嗎？」

「預約？怎麼預約？」小希意外地問。難道這個時代就已經有了電話預約服務？

女子指指醫館外鳥籠狀的籠子，那兒堆滿了布片，而籠子外則有一條繩子，掛着幾張布片。

原來她所謂的預約，是先投入布片說明自己的病症，待盧醫生篩選。懸掛在繩子上的布片表示通過了篩選，可以到醫館看病的意思。

「怪不得看病的人這麼少，原來必須得到批准。要見這盧醫生，還真的很難呢。」小希心想着，對醫館的年輕女子澄清道，「我們不是來看病的。物資車遇到問題，想請盧醫生幫忙。」

女子挑一挑眉，走進醫館的其中一個隔間。不久，她掀開另一個隔間的布簾，說：「醫生請你們進來。」

小希想：看來這醫館內的隔間是相通的。接着，她與俊樂和灰機依着指示，走進布簾內的小隔間。

隔間內頗寬敞，紅色石磚牆設置着燭台，多盞燭台點上了火，使整個隔間燈火通明，可以看到此隔間前後都有半圓形拱門通往其他隔間。盧醫生就坐在靠牆的一張方正的石桌旁。

上次在麵包社區相遇時他戴着面具，此刻沒了面具，小希等人才驚覺這盧醫生樣貌如此不凡。他有着直挺的鼻樑，雙目細長卻深邃，全身散發一股不凡的貴氣。

「是你們。」盧醫生站了起來，打量他們一眼，問道，「物資車真的有問題？」

言下之意，盧醫生並不相信他們的說辭。

俊樂神色驚慌地看着小希，他不知道小希要怎麼跟盧醫生解釋物資車的事，也不知道小希要怎麼引盧醫生說出雷歐的下落。

「你好，盧醫生，物資車的確沒有問題。」小希頓了頓，將計就計道，「其實我們是來通知你，有一批示威民眾聚集在海德城堡外，逼迫宮廷出兵攻下十九區。」

盧醫生臉色驟變，眼中閃過一絲憤怒，但他隨即緩下情緒，說：「十九區早就不與外界往來，大家河水不犯井水，伯爵夫人斷不會輕易動兵。而且，即使你跟我說了，我也做不到什麼。不是嗎？」

盧醫生盯着小希，小希並沒有退縮，迎向他的視線，道：「你對十九區人民的影響力，大家都知道。」

盧醫生皺一下眉頭，想了想，說：「那你認為我要怎麼做？召集十九區的人民起來對抗？發起戰爭？」

「不，我相信你一定有籌碼……」小希抿抿嘴，繼續說，「伯爵夫人的孫子——雷歐被綁架的事，你怎麼看？」

盧醫生凌厲地瞟了小希一眼，道：「你認為是我綁架雷歐？」

「難道不是嗎？雷歐就在這裏。」小希神色鎮定地反過來質問盧醫生。

俊樂和灰機想不到小希如此單刀直入地質問盧醫生，不禁額頭冒汗。

「哈哈哈！好！我喜歡跟直爽的人交談。」盧醫生收下笑容，挑了挑眉，道，「既然如此，你們就搜吧！我這醫館隨你們搜查，找到雷歐就請把他帶回去。」

小希一行人見盧醫生竟如此好說話，哪會放過這麼好的時機？於是他們趕緊分頭搜尋醫館。

惟他們從屋前找到屋尾，前前後後找了好幾遍，就是沒有雷歐的蹤跡。

「呵，難道雷歐真的不是被盧醫生綁走？」小希問盟友們。

俊樂與灰機也無法確定，大夥兒一時躊躇着，不知道接下來該怎麼做。就在此時，醫館外傳來幾聲馬兒的嘶鳴。

「糟了，邁克和廉恩催促我們了！怎麼辦？」

灰機晃晃頭，道：「今天只能就此作罷。改天再來吧！」

小希與俊樂都不情願就此回去，但馬兒催促得緊，再不回去恐怕就得留宿十九區。小希決定先回去好好商量對策，便匆匆走出盧氏醫館。

「歡迎你們隨時再來。」盧醫生朝他們揮手道別，笑容充滿了戲謔之意。

「哼！我一定會找出你的把戲！」灰機忿忿地拋下這句話，就急忙振翅尾隨兩位盟友而去。

小希一副心思專注於回去他們的世界，毫不畏縮地放開束縛來騎馬，身體又隨着馬兒的速度調整姿態，竟越騎越好，越騎越快！很快地，她已將俊樂遠遠拋在後頭。

前方樹叢間的灰藍色旋渦就是時空縫隙。小希吆喝

一聲，快馬加鞭，打頭陣衝向時空縫隙，灰機與殿後的俊樂隨之躍了進去。

大夥兒順利回到俊樂家後門入口。小希從廉恩身上跳下來，臉蛋感到有些滾燙。

「想不到騎馬是這麼愉悅的事。謝謝你，廉恩！」

小希拍拍廉恩的馬背，疼惜地輕撫牠的鬃毛。廉恩也愉悅地回應小希，開心地嘶鳴幾聲。邁克也隨即附和地叫了起來，但牠的叫聲卻有些異樣，似乎在鬧脾氣。小希和灰機望過去，見俊樂大笑着從馬背上下來。

「俊樂，你笑什麼？」小希問。

邁克此時呼嚕呼嚕地抖動一番，轉過身後腿朝向俊樂用力踢去！小希和灰機焦急地喊道：「俊樂小心！」

俊樂機靈地跳開去，躲過馬兒的強勁飛踢！

小希和灰機正感到鬆了口氣，誰知眼前的俊樂不知何時卻已變了副模樣！

「奧狄！」灰機嚷道。

小希不能置信地盯着一臉輕浮的奧狄，着急問道：「俊樂呢？你把俊樂藏到哪裏了？」

「哈哈哈！我藏他幹什麼？他又不是寶藏，哈哈哈！」

「小希，他應該是趁我們趕回時空縫隙時變成俊樂，與俊樂調包了！」

「俊樂……還在立體書世界？」小希瞪大了眼，她從來沒想過會留下俊樂一人在立體書世界！

「啊，你！竟然讓俊樂回不來！俊樂他最害怕一個人留在迷都！」小希慌亂地說。

「哈哈哈！誰讓你們跟大公爵作對？好好的有地球不待，偏偏要去迷都十九區？嘿！就讓你朋友嘗嘗回不來的滋味囉！」奧狄說完一溜煙跑開去。

「你別跑！」小希追過去，但不一會兒她悻悻然地走回來了。

「小希，你追到他也沒用的。」

小希雙手低垂，有氣無力地回應：「我知道……」

此時邁克及廉恩嘶鳴一聲，踢踏着馬蹄離去，使小希更顯無助。

灰機感受到小希的焦灼，但他也不曉得該怎麼安撫她，一向只懂以總裁身分發號施令的他從來沒有試過安慰人。

小希盯着灰機，求助道：「怎麼辦？俊樂最害怕迷都十九區了，現在居然一個人留在那裏！他會不會遇到吸血鬼？」

「你冷靜點，不是說迷都沒有吸血鬼嗎？」

「萬一真的有呢？」小希焦躁問道，一副六神無主的模樣來回踱步，完全無法靜下心來思考。

「小希！」灰機大聲喊她，小希這才停下。

「時空縫隙已關閉，我們只能接受現實。俊樂今晚會待在那裏一夜。」灰機似乎感到有點疲累，他飛到牆邊的曬衣架上站着，看進小希的眼睛，理智說道，「別忘了，我在那裏待過一晚，什麼事都沒發生，也沒遇到什麼可怕的吸血鬼。所以，我們就先回去你家，部署下一回去迷都十九區要做的事。」

「那俊樂呢？」小希還是放不下心。

「俊樂又不是小孩子，他會想辦法的。」

「明早我們就能去迷都十九區了嗎？」

「這個……不能肯定，必須等艾密斯團長的指示。」灰機斟酌着說。

「可是艾密斯團長——」

「你不是對艾密斯團長沒有信心吧？」

「不，可是……」

「其實……沒事的。」灰機原本想說他其實對艾密斯團長沒什麼信心，他壓根兒不清楚艾密斯團長是什麼樣的人，但他忍了下來。現在說這些話，只會增加小希的心理負擔。

「俊樂一定沒事的！相信我！」灰機好不容易蹦出一句自己也不是很相信的話。說出這樣毫無依據的話之後，他大大吐了口氣，心裏嘀咕着：安慰人也沒這麼難

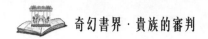

嘛！只要放下理智，說些冠冕堂皇、口是心非的話……

　　「所謂好人有好報啊！俊樂這麼好心，一定會遇到好心人，說不定還經歷了非凡的體驗，嘗盡異世界的美食……」灰機繼續「不理智發言」，而小希也在灰機「浮誇」的安慰下，忐忑地踏上歸途。

18 肇事者

　　小希整晚無法合眼。

　　雖然俊樂也曾有過與她失散的經歷*，但這一回不一樣。俊樂被留在不屬於他們的世界，而且是俊樂極度害怕的迷都世界。

　　因此天還未亮，小希就吵醒灰機，讓他一塊兒出門等候艾密斯團長。

　　「現在才清晨六點啊！」灰機努力地睜開眼，抱怨道。

　　「總之我們先去外面等候，說不定艾密斯團長馬上就出現了。」

　　「我留在迷都時又不見你這麼緊張。」灰機兩眼瞇成條縫。

　　「誰說我不緊張？我跟俊樂兩個都睡不好，俊樂還失眠了！」

　　聽到小希這麼說，灰機不禁慚愧起來。

＊　《奇幻書界》第1集中，變身為黑狗的俊樂曾與小希在
　　火車站失散。

「原來你們那麼擔心我……」

「那當然！畢竟是立體書世界，萬一回不來怎麼辦？」

「什麼立體書世界？誰回不來了？」

一把聲音在他們身後響起，小希驚得聳一下肩，緩緩轉過身。

那是小希的母親徐堯。她正從工作室走過來，頭髮有些凌亂，襯衫上也沾了些製作模型的碎紙片。

徐堯昨晚又趕通宵，剛趕完工就聽見客廳有細細碎碎的說話聲，於是走出來瞧一瞧。

「媽咪……」

「小希，最近媽咪好像都見不到你呢，你跑哪兒去了？」徐堯問道，目光卻瞟向一旁的灰機。

「噢，我不是有留字條嗎？去朋友家做 project 啊！」

「哦……你們學校功課很多嘛！」

「是啊！今年真的特別忙，呵呵！」小稀有點心虛地說。

「牠——是你的新寵物？」徐堯瞅瞅灰機。

小希紅着臉點點頭。

「上一回養的龍貓我很喜歡呢！怎麼突然又換成鸚鵡了？」

「我……剛好朋友出門，幫忙照看而已啦！媽咪，你別擔心，我會照顧好自己的！倒是你，真的有好好吃飯嗎？」

小希睜着眼仔細觀察母親，母親的臉頰似乎消瘦了。

徐堯撓撓頭，不好意思地說：「有啦……哦！糟糕，昨晚的外賣忘了吃……呵呵，媽咪只是偶爾會忘記吃，不過如果餓了，我一定記得吃！呵，現在好像倒轉過來，是女兒擔心媽咪了。」

小希努努嘴，點一下徐堯的頭：「你不乖，沒有好好吃飯！要懲罰你！」

「好，好，我接受懲罰。」徐堯笑着應答。

「那就罰你這個星期休息兩天！」

「啊？不行啊！接下來還有個設計圖要趕──」

「那我不回家了！」

「噢，不！好，我答應你就是，我打電話給客戶跟他說延遲期限。啊！是了，你等我一會兒……」

徐堯走進工作室，捧了個碟子出來。

「這是昨晚我叫的外賣，有燒賣和叉燒包，還有糯米雞，我去弄熱一塊兒吃。」

徐堯走向廚房，敞開的工作室傳來細柔慵懶的樂聲，灰機和小希被那懶洋洋的聲音吸引過去。

「這音樂……我好像聽過……」小希喃喃念道，突然，她興奮地對灰機說，「是比華利！」

「誰是比華利？」灰機問。

「就是比華利大戲院的比華利*啊！」

灰機一副摸不着頭腦的模樣。

「想不到媽咪竟然有留聲機，太好了！」小希閉上眼細細聆賞，還跟着哼唱起來，「『當我們悲傷的時候，還有歌聲陪伴我們。當我們失去力量的時候，還有朋友陪伴我們……』*」

「那是你媽咪的黑膠唱片？」灰機指指工作枱旁邊在轉動着的黑色圓盤。

「『只要有人就有希望……』哦，不，是爸爸送給媽咪的……『只要相信就有實現的力量……』」小希繼續哼唱，心不在焉地答道。

「你爸爸？」灰機眼神銳利起來，說，「小希，我看到你爸爸。」

小希這時也意識到自己提到了一直以來記憶模糊的爸爸，問道：「我爸爸？他不是很早就離家了嗎？」

「不，你爸爸不是離家出走，而是被困在一個地

＊《奇幻書界》第2集出現的立體書就是《比華利大戲院》，而比華利是在那個立體書世界名噪一時的歌手。
＊小希哼唱着的是歌手比華利創作的歌曲。

方。」

小希兩眼瞪大了，驚訝不已。

灰機眯起了眼，説：「他被困在立體書世界。」

「什麼？」小希一聽，被嚇得不輕，趕緊問道，「為什麼我什麼都不記得？爸爸什麼時候也去了立體書世界？他在迷都十九區？」

灰機晃了晃頭，道：「不，你爸爸所在的地方，是另一本立體書的世界。而且他也跟我一樣，是個關鍵人物。」

「關鍵人物？」小希説着眼睛越睜越大，吞吐地説，「你是説我爸爸？他變成了動物？」

灰機點點頭。

小希感到呼吸急促，為何爸爸變成動物她竟然完全不知曉？而且，她明明就快忘記爸爸了⋯⋯

「快告訴我，你還知道什麼？」小希焦急地問道。

「我只知道你爸爸現在是隻毛茸茸的動物。他被困於另一個世界，那裏有着奇花異果，樹木長成了五顏六色，人們都穿着奇裝異服。而且，他們的膚色跟普通人類不一樣，是藍色的。」

「藍色的人類？」小希驚異不已。從來沒聽過膚色是藍色的人類，藍精靈她就聽過，但那也只是動畫裏才出現的精靈家族。

「你説看到的是隻毛茸茸的動物，為什麼你能肯定那是我爸爸？」小希質疑地問道，她希望一切都只是灰機的臆測，不是真相。

「不！我就是知道。你忘了嗎？我是解謎之靈！」灰機盯着流瀉着動聽樂音的黑膠唱片，道，「黑膠唱片，還有比華利，應該是你爸爸失蹤的關鍵事物。因此我一看到它，關於你爸爸失蹤的謎底就自然而然地浮現。」

「我爸爸失蹤？他不是離開我們……」小希喃喃説着，有點兒不能接受灰機所説的事實，「那現在怎麼辦？怎樣才能讓爸爸回來？」

灰機無奈地晃晃頭，道：「我只是解謎之靈，如何讓你爸爸回來，不在我能力範圍之內。」

小希感到彷徨失措。迷都十九區的任務還未解決，俊樂不小心留在迷都世界，現在連她父親也被困在異世界回不來！

此時門鈴急促地響起。

小希望出窗戶，看到祖銘。祖銘發現小希在家，露出鬆一大口氣的模樣。

小希打開門，祖銘衝進來劈頭就説：「SOS！」

「什麼SOS？」

「剛剛永哥的弟弟打電話給我，説找到了當年的肇

事者！」

　　「什麼？誰？到底誰是縱火的兇手？」灰機搶着問，聲音尖銳而刺耳。

　　祖銘一臉莫名其妙地看着灰機，道：「這是？」

　　「哦！牠是永哥以前的寵物灰機。是一隻非常聰明、伶牙俐齒的鸚鵡。」

　　祖銘嘖嘖稱奇，從未想過永哥居然養了這麼一隻「奇葩」寵物。

　　「快告訴我們，誰是縱火的兇手？」灰機繼續追問。

　　「是永哥的叔叔。不過他並沒有縱火，而是故意偷走逃生門鑰匙。」

　　「他偷走了鑰匙？為什麼？」

　　「為了讓永哥失職。他叔叔妒忌永哥掌握大權，沒有派給他適當的職位。」

　　「那火災是⋯⋯」

　　「火災是意外！」

　　「意外？居然真的是意外⋯⋯」灰機和小希都無法接受這樣的事實 。

　　「雖然是意外，但他這樣做，間接令一個孩子沒有了未來！」小希感到憤怒不已，因為妒忌及家族鬥爭，一個無辜的孩子被捲進去，更犧牲了他的人生。

「嗯，所以我們一定要想辦法救子聰！」祖銘焦急地說。

「救子聰？子聰怎麼了？」灰機問。

「我剛才去找子聰時，遇見債主把子聰帶走，我阻止不到——」

「不，不！絕對不能讓這樣的事發生！」灰機焦急不已地厲聲說道。

他們急匆匆地衝了出去，連大門也忘了關好。

當徐堯捧着熱乎乎的點心出來時，只看到小希與朋友奔跑的背影，她歎口氣道：「這孩子，又要去趕功課吧……」

徐堯盯着眼前滿盤的點心，不以為意地咧嘴笑笑說：「只好我一個人獨享囉！」

她關上門，聽着慵懶的樂音，美滋滋地享用早點。

＊　　　　　＊　　　　　＊

灰機振翅急飛，一馬當先地朝巴士站飛去，小希和祖銘在他後方拚命追趕。

他們很快來到車站，在巴士車站前焦急等候。

不一會兒，巴士來了，巴士燈號卻是暗的，上面掛着個「不載客」的牌子。就在他們以為巴士直接駛過時，巴士竟突然停了下來。小希、祖銘及灰機面面相覷，不曉得要不要上車。

就在這時，巴士司機按了一聲長長的響笛，小希正覺得刺耳之際，後方卻傳來急促的腳步聲。

　　小希猛一轉頭，看見了大塊頭伊諾、奧狄和亞肯德大公爵，趕忙催促伙伴：「快上車！」

他們一上巴士，巴士司機馬上全力踩踏油門，將大公爵等人甩得遠遠的。小希看着大公爵及手下氣急敗壞的樣子，不禁放開懷笑了起來。

「他們是誰？為什麼穿着這麼古怪？」祖銘問道。

「嗯，大概……是子聰的債主吧？」小希胡亂地找了個藉口搪塞過去。

祖銘撓撓頭一副困惑的模樣，子聰的債主怎麼會追他追到這兒？難道剛才債主跟蹤他？

小希見祖銘沒再追問，暫時鬆口氣，往四周瞄了瞄，這才發現巴士有些不對勁。

整輛巴士空蕩蕩的，只有他們「三位」乘客。

小希覺得事有蹊蹺，警戒地朝司機走去。

巴士司機突然轉過頭來，露出小希異常熟悉的神秘笑容，小希差點沒大喊出來。

誰能想到坐在司機位置的，竟是艾密斯團長！

「你──」

小希還未問出口，艾密斯團長已快快解答：「剛好有輛空置的巴士，就權當我的代步工具囉，也順道送你們一程啊！」

「不，這次你可不能這麼就蒙混過去。快告訴我，到底為什麼？」

「唉！小希啊小希，你就是太喜歡追根究底。這不

是好事啊！有些事知道結果就好了。」

「為什麼？」小希執意問道。

「你有帶《迷都十九區》嗎？」

「當然有，雖然你說我們看不到後面的故事……」

「看得到了。」艾密斯團長愉悅地說。

小希瞪大了眼，問：「不是說胖子大公爵用了厲害的障眼法，讓我們看不見後面的故事嗎？」

「沒錯。但我也說過，故事可以由你們自己開創，不是嗎？」

小希趕緊拿出立體書《迷都十九區》，打開第五跨頁，之前看不見的畫面竟然活靈活現地呈現在她眼前！

「這……這是為什麼？」小希驚訝不已。

艾密斯團長撇撇嘴，露出一貫神秘的模樣。

19 隔牆怪聲

俊樂拉着韁繩騎在小希後方，但他距離小希越來越遠。俊樂忍不住嘀咕：「這小希明明說不喜歡騎馬，現在可騎得起勁，也不等等我……」

還沒嘀咕完，俊樂驟然被一股拉力往後扯去，他整個人跌落地上，翻了好幾個筋斗。待他停下來時已昏厥過去，完全不知道剛剛發生了什麼事。

不知過了多久，俊樂感到臉龐一陣疼痛，悠悠的睜開眼。

一張熟悉的臉映入眼簾，是銀麟。

俊樂驚醒過來，發現自己坐在商店旁的街道上，全身多處感到刺痛。他摸摸手臂，發現擦傷了一大塊，皮也破了，不禁驚訝問道：「發生了什麼事？為什麼我全身是傷？噢！我不是在騎馬嗎？為什麼會在這裏？」

「原來你都不記得了。」銀麟小心翼翼地攙扶俊樂，說，「我發現你的時候，你已經跌在道路中央。你剛剛說自己騎着馬，看來是從馬背上摔下來了。」

「從馬背摔下？」俊樂皺眉想了想，驟然睜大眼驚

呼，「我回不去了！」

「回去？回去哪裏？」銀麟問。

俊樂沒辦法跟銀麟解釋，懊惱地拍打着後腦勺，喃喃說道：「怎麼辦？小希他們順利回去了嗎？他們會回來找我嗎？可是時空縫隙不知道什麼時候再開啟……我不會永遠留在這裏回不去吧？」

「你當然回得去啊！不是說你們是海德伯爵夫人的貴賓嗎？要是找不到你的朋友，我就帶你去城堡，伯爵夫人一定會派人護送你回去朋友們身邊！」

俊樂也不辯解，他歎口氣，問道：「銀麟，你為什麼在這裏？」

才說着，不遠處傳來一陣馬蹄聲，銀麟忙拉俊樂躲進店裏去。

店員走來，銀麟將手指置於唇間，示意店員別出聲。

馬蹄聲近在咫尺，又漸漸遠去。

「呼！暫時安全了！」銀麟說着，向店員彎腰致謝，走了出去。

「誰在追你？」俊樂問。

銀麟搓搓鼻子，滿不在乎地說：「還不是那一幫無法無天的盜賊團。」

「噢，是蒙面大漢那幫人？」

「是呀！煩死了，明明不過是個爛徽章——」

「為什麼你不還給他？你也説不過是一個爛徽章罷了。」俊樂覺得銀麟真是吃飽飯撐着，沒事找事煩。

「嘻！我就是不想還他！誰讓他們恃強凌弱，只會搶奪弱小市民的財物？」銀麟一副抱打不平的姿態。

「那你打算每天躲着那些盜賊團？」

「也不是啦！不過……暫時還不想還給他。」

「你不怕被抓？」

「哎！被抓時最多讓他們打一頓，然後再還給他囉！」

俊樂看着銀麟，不知該説他固執還是傻氣，最後他抿嘴一笑，道：「你覺得開心就好。」

「嗯！讓他們團團轉來抓我，我現在真的無比開心啊！哈哈！走！」

「去哪兒？」

「找個地方給你落腳啊！」

俊樂趕緊跟上銀麟。

時間已趨午夜，但十九區到處人來人往，簡直是個巨型暗夜嘉年華市集。俊樂穿梭於別具風味的熱鬧夜市中，雖然肚子餓得直打鼓卻一刻也不敢停留，他怕跟丟了銀麟，孤零零地留在這個異世界。

銀麟走着走着，突然停下來，問道：「你是不是還

沒吃飯？」

俊樂喜上眉梢地拚命頷首。

銀麟取出錢袋，數算一下，說：「讓我一盡地主之誼吧！」

俊樂吃了好幾串不同口味的肉串，意猶未盡。銀麟見他吃不飽，趕緊又掏出剩下的所有錢買了烙餅帶走。

「走！得快點！不然可沒地方住了！」銀麟買好食物，催促着俊樂離開。

俊樂緊跟在銀麟身後，看着他熱心的背影，感到踏實了些。

「幸好有銀麟，要不然一個人孤零零待在這迷都，真不知該怎麼辦呢⋯⋯」

俊樂跟隨銀麟走了好一會兒，發覺這路線有點熟悉，正困惑間，就看到那頗為突兀的紅色房子。

「盧氏醫館？為什麼來這裏？」俊樂驚訝地停下了腳步。

銀麟也不多加解釋，拉着俊樂繼續走。

他們「經過」盧氏醫館，拐個彎，轉去醫館後方的那排石屋。

「這是⋯⋯」

眼前的灰白石屋共有四層，每一層建有幾扇半圓形的窗戶，窗戶內閃着五彩繽紛的光芒，讓這棟外表樸素

的建築看起來特別亮麗。那窗戶鑲嵌着不規則的玻璃，像極了教堂中的玻璃窗戶，也因此多了幾分溫暖及莊嚴感。

「盧醫生不是找人幫我一起護送物資到驛站嗎？這旅館是其中一個驛站。有一次我送遲了來不及回去，就在這兒過一晚。旅館裏面很寬敞的，還有暖爐，晚上一點兒都不冷……」

銀麟邊說邊領着俊樂走進旅館。

旅館內有個微胖的女子坐在舒適的櫃枱內，聽銀麟說了來意後，舉着一盞油燈帶他們走上窄小的石梯，問道：「跟盧醫生打過招呼了嗎？」

「太晚了，不打擾他。我和朋友只是借住一晚，明早就離開。對了，上回你說有人反映草紙不夠，還有希望多加一些麵粉……」

俊樂跟在他們身後，邊聽他們討論物資的事，邊打量這異世界的別致旅館。這兒每一層有幾間房，房外都站着些閒聊的人，也不知他們是這兒的租戶還是暫住的房客。

來到最高層，這裏稀奇地沒有其他人站在房外。

「你們就住這兒吧。委屈你們了，誰叫今晚客滿呢！」

女子說着慢悠悠舉起油燈，走下樓去。

銀麟聳聳肩，打開房門，裏頭居然是一間圖書室！

「她讓我們住圖書室？」俊樂問。

「沒辦法啦！你運氣不好，這麼巧客房都住滿了人。」

俊樂隨銀麟走進圖書室，室內牆邊、木櫃上都是滿滿的書籍，俊樂順手取了幾本翻閱，可惜這些書的文字都彎彎曲曲的，還有一些畫滿符號的書。

俊樂把書籍放回原位，在書堆中騰出一個能容納他們躺下的位置，坐了下來。

「呼！終於可以坐下來休息一下！」

此時門外響起敲門聲，銀麟過去開門，接過一包東西走向俊樂。

「剛才跟老闆說要一些傷藥，她馬上就拿來了，真好！來，我幫你擦藥。」

俊樂乖乖地讓銀麟幫他敷藥，這藥物有點冰涼，敷上後感到很舒適，幾乎感覺不到疼痛了。

「好神奇！這是什麼藥？」

「不知道，盧醫生懂得很多藥方。」銀麟趨向前悄悄地說，「告訴你，原來這裏患蠱病的人也是盧醫生治好的。」

俊樂瞪大了眼，問道：「盧醫生這麼厲害？」

「是啊！所以這裏的人視他為再生父母，簡直比海

德伯爵的地位更崇高！」

「怪不得……」俊樂想到之前那畫地圖給他們的老闆，明白過來，「人們那麼尊敬及保護盧醫生，是因為盧醫生救了他們。」

「是啊！盧醫生濟世為懷，是個大好人！」

俊樂皺起了眉頭，但他不想在銀麟跟前說盧醫生的壞話。一來他沒有證據證明盧醫生綁架雷歐，二來以銀麟對盧醫生的崇拜程度，根本不會相信他所說的話。

「不過他很低調，不喜歡讓人知道他的事，尤其不希望讓伯爵家族知道。」

「為什麼不呢？」

銀麟聳聳肩，道：「大人物的想法，不是我們這些庶民所能了解的吧！唉，別說了，快把烙餅吃掉，然後美美地睡個好覺！」

銀麟說着兀自在俊樂身畔躺下，很快即進入夢鄉。

俊樂攤開打包的布片，拿起一塊烙餅啃咬。

「嗯！這餅皮入口即化啊！」俊樂說着趕緊又嘗了幾口。

他細細品味着異世界的食物，全身的傷痛似乎都值得了，滿足地說：「餅餡的清甜麥芽和不知名的香濃配料完全融合在一起，誕生出一種前所未有的美好滋味！簡直是……」

俊樂説不上滋味多好，低頭默默享用完，隨即又拿起另一塊烙餅慢慢品嘗。他捨不得太快吃完，細嚼慢嚥地吃，生怕以後再也嘗不到如此美食。

就在他不捨地拿起最後一塊烙餅，正要放進嘴裏時，他聽見了一道細微的敲擊聲。

俊樂停下口，側耳傾聽。

外頭有一些細微的嗡嗡聲，大概是從遠處市集傳過來的。除此之外，沒有任何特別的聲響。俊樂晃晃頭，笑自己多心，誰知就在他放心地大口咬下烙餅時又聽見一陣突兀的聲音！他把烙餅擱下，伏於牆上聆聽。

這一回，他聽見的不只是敲擊聲，還有一陣陣短促的嗚咽。

他瞳孔放大了幾倍，趕忙搖醒銀麟。

「怎麼了？」銀麟問。

俊樂咕嘟一聲咽一下口水，惴惴不安地指示銀麟安靜，並讓他一起伏在牆壁聆聽。

這會兒，隔壁傳來了刺耳的聲響，好像尖利的東西劃過石頭那惱人聲音。

「那是什麼？」銀麟張着嘴無聲問道。

俊樂聳一聳肩，扁扁嘴繼續聆聽。

不一會兒，那聲音又變回了敲擊聲。聲音時大時小，有時拉長着敲，有時像在敲着不明歌曲的節奏

「咯，咯咯，咯咯咯，咯咯」。

「是動物在叫嗎？」

俊樂又聳聳肩，這時隔壁傳來夢魘般的嗚咽，俊樂嚇得驚魂喪膽，牙齒打顫地說：「我看過一齣恐怖電影，說有對朋友在旅館投宿，半夜傳來奇怪的敲擊聲，他們以為是老鼠在打洞，沒有在意，誰想到……」

「什麼？」銀麟緊張地直起身子。

「是個被禁錮在旅館的鬼魂！」

「啊！」銀麟忍不住喊出了聲，但他趕忙遮住嘴，生怕隔壁的「鬼魂」聽見了。

隔壁又傳來聲響，這回竟然是難以形容的詭異聲！銀麟和俊樂兩人驚得抱在一塊兒！

兩人緊閉着眼，生怕那鬼魂突然出現在他們眼前！過了好一會兒，銀麟拍拍俊樂，說：「你聽，鬼魂好像在跟我們說話！」

俊樂睜開眼，放開銀麟，忐忑地將耳朵貼着石牆。

「救我……」

俊樂瞪大了眼，下一秒，他驚呼道：「是雷歐！」

「什麼？真的是雷歐大人？」

俊樂對着牆詢問道：「你是雷歐嗎？」

隔壁立即有了回應：「我是雷歐，我好怕！」

「怕什麼？」

「我怕他。」

「他是誰？」

「我不知道。」

「你見過他嗎？」

「沒有。」

俊樂沉思着，望向銀麟，不想再繼續隱瞞他。

「你說的大好人盧醫生，應該就是綁架雷歐的人。」

「什麼？」

俊樂向銀麟說明雷歐被困在紅色房子的事，以及他們去過盧氏醫館找雷歐的經過。銀麟這晚上，委實被嚇了好幾回。

「現在怎麼辦？」

「我們得想辦法救雷歐出去！」

「可是你不是說在盧醫生的醫館找不到雷歐大人嗎？」

「對啊……雷歐被困在某個我們無法發現的密室，如果我們貿貿然去跟他要人，他一定矢口否認，說不定還會把雷歐轉移到其他地方……」

俊樂想了想，貼近牆壁問道：「雷歐，可以告訴我要怎麼做才能救你出去嗎？」

隔壁傳來回應，說：「這裏有門，可是需要密碼才

能出去。」

「是密碼門？」

俊樂被考倒了，對於數字他一向最頭痛，況且他們根本對密碼什麼的完全沒有頭緒。

「怎麼辦？如果出不去，雷歐大人會不會被殺死？不行！」銀麟站起來，着急地問道，「俊樂，有沒有什麼辦法？」

俊樂苦惱地望向眼前的漫天書籍，什麼辦法都想不到。

「如果小希在就好了……她一向有很多點子……」俊樂頹然地吐了一大口氣。

銀麟見俊樂想不到法子，緊張地在窄小的圖書室來回踱步，口中喃喃自語：「怎麼辦，怎麼辦？」

無意間，銀麟碰撞到木櫃，櫃子上的書竟撲通撲通地全掉下來了！

銀麟慌亂地看着掉下來的書，説：「哦！我不是故意的……咦？」

俊樂循着銀麟的目光看去，發現書堆中有個土黃色的圓角狀物體。

銀麟走過去書堆，撥掉書籍。一個大約兩尺高的陶器露了出來。銀麟嘖嘖稱奇道：「噢！想不到這裏有個花瓶。」

俊樂凝視那花瓶，好像那是什麼珍奇物品，訝然念道：「pottery？」

「什麼？」

「就是這個！我們之前解出的謎底，跟這個陶器有關！」

俊樂彈起身快快把陶器搬來。

「不過是個普通的花瓶啊！」銀麟實在看不出個所以然。

「不，這應該是解開密碼門的關鍵物品！呵，想不到這回的謎題竟然是連環謎題！環環相扣啊！」

俊樂難得地將成語運用得如此恰當，他端詳那花瓶，從瓶口到瓶底，一分一寸地細細觀察，很快他便發現花瓶上有一些頗有規律的特別紋路。

「你看！這些很像是密碼文！」

銀麟過去察看，低語道：「一些點和線組成的花紋而已，不是嗎？」

「不！我有印象，是——對了！摩斯密碼！」

「摩斯密碼？」

「對！想不到你們的世界也有摩斯密碼……」

俊樂思索着要怎麼解開密碼，心中禁不住想：可惜灰機不在，怎麼辦？我不會解摩斯密碼……

這時隔壁傳來聲響，說：「我學過點和線組成的密

212

碼。是我的太爺爺創造的，不過不叫摩斯密碼，叫鳴文密碼。」

俊樂心中暗自驚奇，原來摩斯密碼並不只是他們的世界獨有，異世界的人也發明了類似的密碼！他倏地想起灰機的話：歷史很多時候都是驚人的雷同。

「想不到除了朝代器具類似，連發明創造的密碼都一樣！太令人匪夷所思了。」

俊樂趕緊抱着花瓶到牆邊，從瓶口至瓶底順序念出點線符號：「三個點，兩條線。」

「3。」雷歐回道。

「四條線，一個點。」

「9。」

「一個點，四條線。」

「三條線，兩個點。」

……

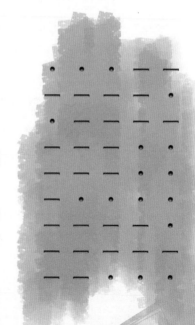

俊樂把雷歐解出的密碼數字記錄下來。

「391886907！」俊樂無比激動地說出密碼，「雷歐！你試試按下密碼！」

「好！我去試試！」雷歐稚嫩的聲音明顯充滿了激

動之情。

俊樂在這頭等候，緊張得手心冒汗。他擔心密碼不正確，又怕被盧醫生發現雷歐逃走……

雷歐小小的手指照着剛剛解出來的密碼一一輸入數字。

「391886907……」

「咚」地一響，重重的鐵門往外開去，雷歐戰戰兢兢地踏出門外。

門外漆黑一片，雷歐過了好一陣才漸漸看清周遭的景況。眼前有幾條走道，但這些走道好像都很奇怪，層層疊疊地疊在一塊兒，他分不清哪條才是往下走的路。

雷歐杵了好一會兒，大膽地往前踩踏，誰知竟整個人往下墜去！

耳朵緊貼牆上的俊樂似乎聽見雷歐的細小叫聲，趕緊喚道：「雷歐？雷歐？」

「怎麼辦？雷歐成功逃出去了嗎？為什麼沒有回應？」他看向銀麟。

「沒有回應……表示他成功逃出去了，不是嗎？」銀麟說。

「逃出去了？」

銀麟點點頭。

「那現在怎麼辦？」

「還怎麼辦？當然是下樓接雷歐大人啊！」

「對！接雷歐去！」俊樂咧嘴歡笑，好像自己逃出了生天似的。

這邊廂，以為自己摔下樓去的雷歐，在往下滑了幾秒後發現自己並沒死去，而是踩到某個特殊機關，坐上像輸送帶一樣的裝置在屋裏轉來轉去。那輸送帶常常在迅速下滑後又緩過來，而後突然在轉彎處再度迅速下滑。如此這般，轉到後來雷歐已完全不再懼怕，甚至很享受那旋轉下滑的過程。

輸送帶在一個木門前停下來，雷歐順勢落到一個軟墊上。他意猶未盡地抬頭望向那「旋轉機關」，然後站起來，扭動門把走了出去。

銀麟和俊樂繞去盧氏醫館前等候，不一會兒，有一個小小的身影打開醫館後門。

「是雷歐！」銀麟說。

「看吧！盧醫生果然把雷歐困在醫館的特別密室。」

俊樂喚他：「雷歐！」

雷歐轉過身，向他們小跑着過來。誰知這時後方傳來一陣急促的馬蹄聲！銀麟大喊：「是盜賊團！」

銀麟反射地拉着俊樂往後退去，惟盜賊團沒有追向他們，而是將雷歐擄上馬背！

「雷歐！」

俊樂大叫着追過去，但盜賊團與雷歐瞬間已消失於他的視線。

⒇ 子聰的夢想

「為什麼看得見立體書的內容了？」小希急切問道。

艾密斯團長笑眯眯地拉高帽簷，說：「因為你們成功完成了任務。」

「完成任務？我們什麼時候完成了任務？」小希傻眼盯着立體書呈現的立體畫面。畫面中的雷歐按下正確的密碼，打開密碼門，逃出困住他的四方石頭房間。

小希摸摸下巴，想了想，突然她瞳孔放大，驚訝地說：「是俊樂完成了任務？」

艾密斯團長含笑點頭。

小希難掩喜色，歡呼道：「太好了！」

「看吧，俊樂沒事，而且他居然一個人就完成了任務！唉，人的潛能有時候真的必須在危難中才顯現出來啊！」灰機也忍不住發揮他的一番見解。

「俊樂沒事就好。」小希舒了口氣，但她不敢鬆懈下來，說，「那我們現在先去救子聰吧！」

艾密斯團長眯起了眼，神色專注地說了句「坐穩

了」，就全速前進！

巴士飛速來到茨廠街，艾密斯團長將巴士停泊好，一行人在祖銘帶領下匆匆朝煙纏巷走去。

他們走在熙攘的街頭，熱得大汗淋漓，全身黏膩，卻不敢慢下腳步。此時小希注意到商店外擁擠的通道有個人坐着，全身污穢，一旁堆着幾個破爛的行李箱。

小希忍不住停下來，在一段距離外駐足觀察。

灰機察覺到小希落後了，回頭找她時，小希卻讓他們噤聲。

他們注意到全身污穢的流浪漢走進商店旁的暗黑樓梯間，小希趨前，發現流浪漢將鐵罐內的錢幣交到某個看起來像是流氓的人手上。

祖銘這時叫了起來：「子聰！」

流氓兇神惡煞地望了過來！

「他是子聰？」小希問。

「不！子聰在後面——」

這時流氓身後有個戴墨鏡的人走出來。

「不是讓你不要管我的事嗎？快回去！」子聰說着，語氣顯得有些焦慮。

「不，我們是來幫你的——」祖銘解釋道。

「我不用你們幫！我可以自食其力。」

「你所謂的自食其力，就是幫這些流氓做事？」灰

機問。

　　子聰和流氓見説話的是一隻鸚鵡，錯愕之餘也不把他的話當一回事。

　　「你們走吧，別阻擋我工作。」子聰盡量以冷靜的語調説。

　　「子聰，做這些事，嗯，是不好的……」祖銘瞄一眼流氓，斟酌着説。

　　「怎麼不好？」

　　「這樣是利用流浪漢——」

　　「喂喂喂！小朋友別亂説話！」這時流氓不悦地走前來，挑眉歪嘴地説，「我們是找事情給他們做，這樣他們才不會無聊得自殺，是功德無量的事！而且每天最少提供兩餐給他們，喝得上一杯熱乎乎的咖啡呢！有什麼不好？」

　　「這——」祖銘皺了下眉，鼓起勇氣説，「總之，威逼流浪漢幫忙乞討就是不對！」

　　「不要跟我説什麼對錯。我自己工作還債，不用靠假仁假義的人！」子聰突然語氣激動地説。

　　「我們……我們不是假仁假義……」

　　「嘴裏説幫我，還不是一樣對我有偏見？」子聰説着，緩緩取下墨鏡。他臉上那蜈蚣狀突起的微紅肉團着實令小希和灰機嚇了一跳。

「看吧！我不適合外面的世界，這裏才是我的容身之處。」

流氓似乎頗滿意子聰的說辭。

「難道你忍心丟下你的外婆？」祖銘問。

子聰似被觸動了心弦，眉頭緊皺起來，支吾着說：「我……還清債務，就會回去陪她。」

「到時你已深陷泥沼，再也出不來……」小希這時也幫着勸解道。

「我本來就屬於最底層的世界，不可能出來！你們就不能別管我，讓我自生自滅嗎？」

子聰頓了頓，呵口氣說：「我是蟑螂一樣的存在，去到哪裏都被人厭惡、嫌棄。」

說到最後，他竟有些哽咽。

灰機見到子聰自暴自棄的模樣，愧疚不已。

是他害了子聰，他毀了一個大好青年的人生……不，他不能這樣什麼都不做，讓子聰自生自滅！

「不行！你一定要讓我彌補！你的債務有多少？」灰機望向流氓，流氓似乎在考慮要不要回答鸚鵡的問話。

「無論多少，我都會負起責任，請你讓我……幫我主人彌補！」

祖銘覺得灰機有些過火了，雖說牠是永哥的寵物，

可主人的錯誤由寵物來彌補，而且還是一隻鸚鵡……

「灰機，我知道你對主人很忠心，不過——」

「阿弟，你知道永哥的瓷碗在哪裏嗎？」灰機説。

「知道是知道，可是——」

「去把瓷碗拿來。」

祖銘望望灰機，猶豫着要不要行動，誰知灰機厲聲喝道：「快去拿來！」

在灰機凌厲的語氣及目光震懾下，祖銘不敢怠慢，他邊走邊喃喃自語：「我什麼時候跟他説我的小名叫阿弟？」

子聰及流氓對於眼前這看起來威風八面的鸚鵡，萌生一股卑怯的感覺。

「你到底是什麼？」流氓問道。

灰機傲慢地仰高頭，看也不看流氓一眼。

「喂！我在問你話，你沒聽見嗎？」流氓咽不下被鳥忽視這口氣，馬上露出流裏流氣的模樣，「信不信我一掌打死——」

「打死了一百萬可就飛了。」

「什麼？」

「一百萬！你敢動我一百萬就沒了。」

流氓有點在意那一百萬，因此他按捺住怒氣乖乖在那兒候着。

後來大夥兒等得不耐煩了，乾脆上去流氓的巢穴等候。

終於他們等來了祖銘。

祖銘將永哥那磕了一角的瓷碗交給流氓，流氓左看右看，看不出這瓷碗有何珍貴之處。

「你想騙誰？這樣的爛碗怎可能值一百萬？」

灰機撇撇嘴，揮着翅膀指向瓷碗邊上的藍色花紋，道：「這是個宋代仿生瓷器，仿的是明代藍釉。」

「既然是仿製品，價格怎麼有一百萬？」

「呵呵，説你愚昧就是愚昧，真正的藍釉可不只百萬，而是至少值千萬。這仿生瓷器乃是宋朝時燒製的少量仿製品，僅供宮廷懷舊。」

見灰機説得頭頭是道，流氓捧着瓷碗的雙手不禁戰戰兢兢起來。

「萬一這破——嗯，這東西不值錢呢？」

「你去大使館路富士比拍賣行，把這瓷碗交給他們鑒定。」

「富士比拍賣行？真的假的？」

「如果你被拒進門，可以去找我——主人的總秘書傅伯，他可以幫你拿去鑒定。或者你也可以去古物研究所找秦博士，他是古物研究專家。再不然，就聯繫大英博物館的史蒂芬，這東西就是透過他買到手。」

　　灰機説得煞有介事，流氓終於信了。

　　「以後絕對不許再來找子聰麻煩。」灰機説完，轉頭對子聰説，「子聰，你還愣着做什麼？」

　　子聰瞄一眼灰機，竟衝前去搶走瓷碗，遞向灰機道：「我不用你們幫忙。」

　　「喂，這已經是我的了！」流氓一個箭步搶回瓷碗。

　　「不行！我會還你們錢，這瓷碗不能要！」

　　「等你來還，不知等到何年何月才有一百萬——」

　　流氓和子聰僵持不下，瓷碗被他們扯來扯去，看得人心驚肉跳，大夥兒都生怕兩人一個不小心把瓷碗摔壞了。

　　這時艾密斯團長走過去，對子聰説：「你並不是白白接受這瓷碗，其實我們有事要你幫忙。」

　　「我？呵！我沒有能力幫你們，你找錯人了。」

　　「有的，有一位男孩需要借用你的東西才能獲救。」

　　子聰晃頭道：「我家沒有值錢的東西。」

　　「有些東西不值錢，卻是關鍵的救命線索，比如逃生門鑰匙。」

　　子聰猶豫半晌，終於放手。

　　他帶領小希一行人來到煙纏巷的家，原本坐在樓梯

上嗚咽的外婆知道子聰沒事回來了，破涕為笑，不斷向小希一行人道謝。

　　大夥兒隨子聰走上樓梯，並來到房前。子聰踟躕着，最後還是將房門打開。

　　這房間有個小小的窗戶，採光雖然不足，但整體感覺很舒適、温馨。單人牀、桌子、衣櫃及幾個簡陋的書櫃都收拾得很齊整，還有一些模樣精緻的動物模型和攝影器材置放於雙層式四方玻璃櫃子內。看得出房間的主人很喜歡動物和攝影，牆上也掛滿極地北極熊的海報和美麗的海景，其中一張北極熊的海報上寫了幾個字：極地動物攝影師，字的旁邊畫了愛心符號。

　　小希走近桌邊，看到桌上擺放着幾張照片，全是流浪貓狗等小動物的照片。她翻過相片背面，寫着：子聰攝。

　　「哦！怪不得門邊堆滿動物雜誌，原來子聰你喜歡動物攝影！」祖銘恍然大悟地說。

　　「你的願望是成為極地動物攝影師？」小希看着子聰，問道。

　　子聰別過臉去，小聲地說：「沒有未來的人談什麼夢想？」

　　「你這樣說就錯了，任何人都可以擁有夢想，即使那夢想多麼的微不足道。」艾密斯團長眨眨眼道。

子聰瞳孔閃過一絲異樣的光芒，但他很快就回復冷淡，問道：「到底要借什麼？」

艾密斯團長從懷裏抽出一張牛皮紙，朝小希眨眨眼道：「為了不讓伊諾提早發現這謎題，請原諒我現在才交給你。」

小希晃一下頭，接過牛皮紙，念道：「塔樓上的飛鷹？」

子聰一聽，馬上從擺放齊整的木櫃中搜尋，很快便找到一個塑像，道：「是這個？」

眾人擠向前去，那是某旅遊勝地的地標。他們在塑像底部發現一行謎一樣的文字：「當鐘聲敲響了十二下，藍天開出了片片花兒。」

「這是什麼？謎語？」祖銘不解問道。

子聰回道：「這飛鷹塑像是我們一家去浮羅交怡島遊玩時，爸爸買給我的紀念品。那天正好是聖誕前夕，當地政府在午夜十二點正舉辦了非常大型的慶典……我永遠忘不了那天的事，於是寫下我的感想。」

「子聰的感想跟我們的任務有關嗎？」小希捉摸不透地望向艾密斯團長。

「一定有關，只是……有什麼關聯我也猜不透。」艾密斯團長無奈地攤攤手。

「灰機，你看得出是什麼嗎？」小希問。

「在鐘聲敲到第十二下時，藍天開出花兒……」灰機推敲着。

「這謎題好像跟以往的不同，看起來好像不太容易解開謎底。」

「不，恰恰相反！這道謎題反其道而行，是從一開始到現在最容易解開的謎題！」灰機說着逕自飛了下樓，艾密斯團長及小希似乎也想到什麼，趕緊跟過去。臨走前小希特意囑咐祖銘：「我和俊樂會晚點回家，記得通知我們的家人！」

祖銘愣了好一會兒，他總是無法拒絕朋友的託付。即使他對許多事存着疑惑，即使小希二人曾「放鴿子」。他就是這樣一個對朋友完全信任，為朋友義不容辭的人。

於是祖銘匆匆告別子聰和外婆，向小希家走去。

㉑ 復活的戰士

這一天是迷都十九區的重大日子。

大夥兒整裝待發，在某個戴上面具的首領領導下，他們往飄着紅色旗幟的關卡行進。

大家浩浩蕩蕩地來到這窄小的出入口，前方就是廣大的迷都世界。一直以來被禁止走出十九區的人們，心中既期待又害怕。

他們已經太久沒走出這臨時建起的關卡。

在這關卡以內，是他們最後的堡壘，最後的家園。如若不是待在十九區，他們必定像過街老鼠般被人羞辱、唾棄，甚至打殺。但可厭的也是這裏，他們無法走出這堡壘，過着與世隔絕的生活。猶如被監禁的犯人苟延殘喘，物資短缺而稀少，更無法享受外面的自由和各種新奇事物。

關卡外的世界對他們來說雖然兇險奸惡，但也蘊含着許多難以磨滅、無法忘懷的美好回憶。

因此迷都十九區的人們一直是矛盾及無所適從的產物，裏面及外面的世界都一樣讓他們心生喜惡，既安心

又恐懼。

而這一天，他們被迫走出這個以往安全又禁錮的堡壘，與鄙視他們、對他們有偏見的人們展開一場惡鬥。

原以為這場戰事不會到來，畢竟在他們得病時都相安無事地度過了，萬萬想不到戰鬥在他們病癒後陡然降臨。

戴面具的首領站在關卡前，望向「外面的世界」。

他舉起手上寫着「迷都子民」的旗幟，大夥兒都摒住了呼吸。

「找回我們的尊嚴！」

隨着口號響起，首領手上的旗幟一揮，看守人戰慄地閃去一旁，目睹十九區的「戰士」邁着齊整的步伐，吶喊着走出十九區關卡。

領頭的人正是盧醫生，他走在最前頭，向着城堡走去。迷都內其他區域都騷動起來，如此大膽而張揚地走出禁區的十九區人民對大家來說，就是可怕的亂民和帶菌者。大夥兒既生氣又懼怕，存着看熱鬧的心理，躲進屋子觀察情況。

有人說：「作反了！作反了！他們要散播病菌給大夥兒，讓大家同歸於盡！」

還有人說：「這些人活着也沒用，現在正好，自投羅網，讓士兵們把他們一舉殲滅就太好了！」

在浩蕩隊伍的前方，突然出現了兩個奇裝異服的人。首領見到他們，揮揮旗幟讓他們閃去一旁，而後隊伍繼續前進。

他們正是小希和艾密斯團長。他們待在隊伍旁，忙碌地從前進的人羣中搜尋着。不一會兒，小希瞧見某個熟悉的身影，焦急喚道：「俊樂！」

俊樂似乎沒聽見，小希又叫喚兩聲。這回俊樂聽見了，他向旁邊的銀麟說兩句話就穿過大隊跑向他們。

俊樂跑到小希及團長跟前，原本開心不已的臉孔卻一下憋緊了，五官皺成一團，一把鼻涕一把眼淚喚着小希及艾密斯團長。

小希歎口氣，拍拍俊樂肩膀，道：「別哭，你不是一個人完成了任務嗎？」

俊樂抬起頭，吸吸鼻子，哽咽地說：「其實並不是我一個人完成，有銀麟幫忙，還有雷歐，他竟然會摩斯密碼！是他解開陶瓷花瓶上的密碼，救了自己。」

「總之，你很厲害。」小希給俊樂一個肯定的眼神。

俊樂看着艾密斯團長，團長欣慰地頷首，道：「沒有你，雷歐就無法逃出來。」

「可他又被盜賊團抓去了！」俊樂懊惱地說。

「那你怎麼跟着大家起哄，與十九區人民一起對抗

伯爵夫人呢？」小希沒有回應，而是詢問俊樂。

「我不樂意的，但我必須通知伯爵夫人，雷歐已落入盜賊團手中，於是走進他們的隊伍，結果糊裏糊塗地變成他們的一員……」

「呵，這樣誤打誤撞很好，要不然我們也找不着你。」艾密斯團長又一貫說了旁人無法理解的話語。

這時俊樂才發現少了一位盟友，他問道：「咦？灰機呢？怎麼沒看到他？」

「別擔心，待會兒我們就會見到他。走吧！」

「去哪裏？」

「去找伯爵夫人啊，不是嗎？」

於是他們就這般混入十九區戰士大隊，走向通往城堡的山谷。

與此同時，從城堡通往山谷的路上，一羣拿着武器的示威民眾也浩蕩地行進。在他們前方，則是士兵們及戴上盔甲的伯爵夫人。

原來伯爵夫人與示威民眾談判無效，還被逼迫出兵幫助他們攻打十九區。伯爵夫人無奈之下，決定親自上陣。

雖然女子不受鼓勵參與戰事，但他們家族的傳統是：只要是在位的王侯，都必須負起保護人民的責任，擔任先鋒為人民尋找福祉。

　　海德伯爵夫人繼承了父親及夫君的志向，因此她毫不退縮地挺身站出來。

　　她並不感到懼怕，只掛念她的子民和雷歐。她收到線報，說十九區的盧醫生正是綁架她孫子雷歐的主謀。於公於私，她都必須出戰。她要親自詢問盧醫生為何綁走雷歐。

　　兩班人馬越來越靠近了。時近傍晚，曝曬的日頭逐漸溫和轉暗，但一場激烈的戰事卻一觸即發。

　　雙方相距不到十米時，十九區首領向戰士們喊話：「停！」

　　他舉起鐵戟指向夫人，然後單槍匹馬地向前。夫人也從容地讓士兵停步，拿起盾牌策馬迎向對方。

　　終於來到正面交戰的時刻。十九區首領在英勇的伯爵夫人跟前取下了面具，他正是盧醫生。兩人對看幾眼，一言不合即舉起槍劍，準備大動干戈！

　　此刻，在離開山谷不遠的地方，有座被荊棘圍繞、人煙罕至的山頭。那兒有一班人好事地觀察着這場宮廷與十九區人民的決戰。

　　他們是準備坐收漁翁之利的盜賊團。

　　一名濃眉大漢站在隱秘的山坡上，舉起一台復古樣式銅質單筒望遠鏡，瞄向山谷處，那人正是盜賊團的首領。他身後站着數十名壯實大漢，其中也包括追趕銀麟

的蒙面大漢。

盜賊團首領從望遠鏡中窺見十九區首領與伯爵夫人臉色驟變時，他拍了一下大肚腩，哈哈大笑道：「好戲上演了！伙伴們！」

一羣莽漢趨向他們的首領，大夥兒聚精會神地等待着。

不一會兒，山谷傳來了廝殺聲，盜賊團首領看得眉開眼笑，道：「走！準備慶祝去！」

他領着團夥衝進一棟被植物圍繞着的隱秘青藍色建築，登上了頂樓。

他站在頂樓的圍牆邊，再次舉起那從商隊搶奪而來的新玩意——單筒望遠鏡——繼續觀賞這齣臨場感十足的戰爭電影。他激動地在那兒叫囂：「打得好！殺過去！對啊！打死他！」

他看着看着，卻越來越看不清，因為大地已披上一層晦暗的薄紗。

首領將望遠鏡轉去左邊，再慢慢轉去右邊，發現許多人皆已撲倒在地，便興奮地對伙伴們喊道：「是時候了！」

此時此刻，山谷中的夫人與盧醫生等人交戰着，卻心不在焉地，似乎在等着什麼。

突然，遠處響起了一陣陣沉悶暗啞的鐘聲。

　　所有人抬頭望向聲音傳來的遠方，金黃的刺眼天空不知何時已被灰暗的深藍薰染。天，暗下來了。

　　一些還在廝殺着的人們停了下來，在這異世界，鐘聲代表有重大事件要發生。大夥兒正疑惑鐘聲從哪裏傳來，一隻鳥兒撲棱着羽翅，飛到夫人及盧醫生上方盤旋，厲聲叫道：「雷歐在花朵那裏！雷歐在花朵那裏！」

　　夫人抬頭，問他：「哪裏有花朵？」

　　灰機指向鐘聲傳來的方向。大夥兒循聲看去，鐘聲卻停下來。緊接着，一束絢麗的火光衝向暗藍夜空，綻放出一朵瑰麗閃爍的花兒！

　　隨着花兒綻放，一股巨大的爆裂聲憑空響起。

　　「是煙火！」一直在旁側觀戰的俊樂大叫道。

　　艾密斯團長點點頭，道：「對，這就是飛鷹塑像的謎底。所謂『藍天開出了片片花兒』，指的正是煙火！」

　　「想不到這世界竟然也有煙火……」俊樂讚歎地望向美麗的夜空。

　　煙火繼續燃放，一朵又一朵花兒持續在夜空綻放。

　　夫人看着盧醫生，道：「灰機說得沒錯，我們暫時歇戰，合力把盜賊團拿下吧！」

　　原來灰機早在兩方正面對戰前就已分別跟夫人及盧

醫生說明盜賊團準備趁他們鷸蚌相爭，兩敗俱傷後佔領迷都之事。因此雙方協議待煙火燃放，暴露盜賊團的巢穴時，合力上山夾擊，並營救出雷歐。

示威民眾起初並不願意與十九區人民合作，但在盧醫生的解說下，他們摒棄了對蠱病的恐懼，而許多曾被盜賊團搶奪過東西和家人的人民，都同仇敵愾地將矛頭對向真正的敵人——盜賊團。

於是乎，原本躺在地上「死去」的戰士、示威民眾及士兵都「復活」過來，大家向着煙火盛開的方向前進。

盜賊團未料到戰爭的兩方居然合起來「使詐」。原本燃放的瑰麗煙火變成了洩露巢穴的致命煙火，一場喜慶陡變為一場圍剿。十九區戰士與士兵們一同圍攻上他們的隱秘巢穴，人數稀少的他們很快就繳械投降了。

如此這般，很順利地把雷歐解救出來。

雷歐看起來很好，身旁還有一位包裹嚴密的女子陪伴。

「雷歐！我的寶貝，你沒事吧？」伯爵夫人喜極而泣地抱緊雷歐。

雷歐從夫人懷裏探出頭，道：「有藍姐姐在，雷歐不怕！」

伯爵夫人望向雷歐身旁那位「藍姐姐」。

22 反轉的結局

　　小希一眾在樹林間等着伯爵夫人和盧醫生凱旋歸來的消息，無所事事。正當俊樂等得有些不耐煩的時候，小希突然想到了立體書，她拿出《迷都十九區》隨手翻閱，然後她叫了起來：「雷歐被救出來了！」

　　俊樂與灰機趕忙湊前去。

　　立體書畫面顯示了雷歐與伯爵夫人團聚的感人場景。

　　「太好了！雷歐沒事！」俊樂開心得手舞足蹈起來。

　　小希翻到前面幾頁，説：「看！畫面全都顯示出來了！這是雷歐在俊樂和銀麟的説明下解開密碼的場景！」

　　「這個是剛剛俊樂在十九區戰士隊伍的場景——」

　　「看！我就在那裏呢！」

　　俊樂指着隊伍中的小小立體身影。

　　「想不到俊樂進入了立體書世界的故事——咦？」

　　小希突然醒覺到一件事，趕忙問艾密斯團長：「艾

密斯團長，俊樂竟然在立體書裏，那表示是俊樂改寫了立體書故事嗎？」

艾密斯團長眯着眼，老神在在地説：「我不是説過了嗎？故事由你們開創。」

「那俊樂會不會成為迷都十九區世界的人，回不去了？」

俊樂面容馬上緊繃起來，雙目直勾勾地盯着艾密斯團長。

艾密斯團長神秘兮兮地説：「你説呢？」

「唉！艾密斯團長，你怎麼又把問題拋給我們？」

這時灰機開口了：「我覺得不會。雖然我們是不同世界的人，但可以通過特殊管道，比如時空縫隙穿越時空。你想想，我們不是來回了幾次都沒事嗎？再想深一層，立體書並不是一個世界，『它』充其量只是個進入異世界的特殊入口。」

艾密斯團長不禁讚賞地拍起手來。

小希聽了頷首道：「還是灰機你理智。不過，立體書真的是一個入口嗎？」

小希望向艾密斯團長，團長讚許地説：「正確。本來還想説是時候對你們説明立體書的功用，想不到灰機已經分析出來了。哈，毋須讓我費一番唇舌解釋。」

「立體書是立體書世界的入口……那如果立體書毀

掉了，不是找不到進入那世界的入口？」小希摸摸下巴問道。

「可以這麼說。」

小希趕忙把立體書握得緊緊的，生怕立體書有丁點兒損壞。

這時伯爵夫人及盧醫生兩班人馬班師回朝，夫人帶着雷歐來到他們的跟前。

「謝謝你們！」伯爵夫人讓雷歐向他們道謝。

艾密斯團長及小希等人欣喜地恭喜他們。

「這次能化解我們兩方的戰事，還有救出雷歐，都是你們的功勞。」伯爵夫人一一謝過他們，「如果沒有你們提前告知盜賊團的詭計，也許迷都就要面臨一場生靈塗炭的戰事。」

夫人望向盧醫生，道：「這次也必須感謝你願意配合，並親自向人民解惑。」

「我能治好蠱病，向不了解蠱病的人解釋疑惑是我應該做的，夫人不用謝我。」盧醫生語氣明顯透着一股不忿，他轉向十九區的戰士們說，「我們回去吧！」

十九區戰士挪步走開，夫人卻叫住盧醫生：「且慢！誰說你可以走了，盧醫生？或者說──審判者？」

盧醫生瞥一眼夫人，指示戰士們先回去。

待戰士們離去，夫人走到盧醫生跟前，舉劍攔在盧

醫生頸項，説：「為什麼你要綁架雷歐？」

小希等人着急地趨前去，但眼前的恩怨並非他們所能介入。

「我……」盧醫生望向雷歐，目光冷冽地説，「沒有綁架雷歐。」

俊樂瞪眼皺眉，忍不住説道：「雷歐明明就被關在醫館的密室──」

「俊樂，讓夫人説。」小希制止了俊樂。

夫人讓雷歐過來，説：「雷歐，是不是他？」

雷歐烏黑的眼珠凝視着盧醫生，盧醫生眉宇間有一絲緊繃。雷歐什麼都沒説，他瞇起了眼睛。

大家都對雷歐的舉動感到困惑。不一會兒，雷歐睜開了眼，道：「我沒看過綁走我的人，不過我認得他身上的氣味。」

雷歐盯着盧醫生，緩緩地説：「你有一種特別的味道。」

盧醫生突然笑了起來，説：「小朋友，這不算證據。」

夫人這時卻驟然變色，念道：「龍曇花？」

夫人放下了劍，疑惑地説：「你──是盧卡？」

盧醫生臉色沉下來，夫人知道她説得沒錯。

「你是海倫娜的兒子盧卡！海倫娜身上也有一樣的

味道，那是她特製的香囊！」

「你沒資格叫她的名字！」

「盧卡」冷冽英俊的臉龐瞬間一片紫紅，大概是過於氣憤所致。

「你果真是盧卡……」

盧卡沒有否認，他別過頭去。

「我知道你們母子受了很多苦。海倫娜一直把你隱藏在民間，但海德家族早就接受了你們。海倫娜也打算在繼承為伯爵後，將你接到宮裏——」

「別說廢話！我不會像母親一樣被你的美麗謊言欺騙！」

「不，我從來沒有欺騙過海倫娜——」

「是你害死了她！」

夫人滿臉驚訝地否認：「不是這樣的……你先聽我說……」

這回輪到盧卡抽出腰間短劍，指向伯爵夫人！

夫人毫無畏懼地向前。

她笑臉盈盈，眼神滿是慈愛地說：「海倫娜在繼位儀式前一天告訴我你的存在時，你知道我有多高興嗎？我知道她已經全然信任我——」

「你愚弄母親！利用母親的信任讓她被吸血！」

俊樂一聽被吸血，渾身汗毛豎起，緊靠向小希，咽

了幾口口水道：「看吧！真的有吸血鬼……是吸血鬼吸了海倫娜的血……」

夫人又走前一步，鋒利的劍尖已觸到夫人白皙而美麗的臉龐。

夫人蠕動嘴唇，半晌，歎了口氣道：「我勸過她，讓她別去取吸血蝙蝠的血，但她一意孤行。她說吸血蝙蝠的血曾治好你的怪病，她願意為了雷歐再次冒險取血。」

夫人悲痛不已地說：「你也知道海倫娜的個性，她決定的事任誰也阻擋不了。」

「原來不是吸血鬼，而是吸血蝙蝠……」俊樂舒口氣，懸着的心鬆了下來。

「胡說！母親是被你設計去取血，才會被吸血蝙蝠吸了血，傷口感染而死！」盧卡憤怒地指控夫人道。

「不，我已經指認她為繼承人，有什麼理由讓她去送死？」

「因為你並不是真心想傳位給母親！你欺騙她的感情，想讓她自己去送死。呵！不用動手就能置人於死地，真是最狠毒的人！」

盧卡說着，瞳孔含着恐懼，道：「母親和我一直在躲藏着，為的就是不被你們發現，將我們害死。我們在城市的最底層生活，母親為了我受盡侮辱，雙手因每天

洗刷勞動而長水泡，甚至溢出血來。而我，為了有一口飯吃，有時還被人們拳打腳踢……」

「但你很聰明，在醫館工作時靠自學成為了不起的醫生，不是嗎？」

「當然！我要過得比你們好，我要成為比你們更厲害的人！」

夫人老懷安慰地笑了，說：「海倫娜真的把你教育得很好。」

「別假惺惺了，我不會相信你！」

夫人低下頭，淒然而笑：「呵呵，是。是我設計讓海倫娜去取血，海倫娜死後雷歐就能順理成章地成為下一任繼承人……你真的以為我這樣想嗎？」

「當然！你不願意承認身為私生女的母親，想方設法置她於死地！」

「好吧，既然如此，你可以把鳳凰吊墜還給我嗎？」

盧卡一聽鳳凰吊墜，神色大變。

「你收到了母親的禮物，對吧？那其實是屬於我的吊墜，裏面有我的承諾。」

盧卡疑惑地從懷裏取出一個蔚藍色的鳳凰吊墜。

「把它打開來。」夫人說。

盧卡找到了一個細緻的牙口，好不容易把吊墜打

開，裏頭果然有一束捲起來的紙條，他趕緊打開紙卷。

「海倫娜及盧卡將成為海德家族的第四與第五代繼承者。見此吊墜如見本人。」盧卡喃喃念道，他認得紙條下方的刻章，那是屬於伯爵家族的專屬刻章。

他雙手顫抖起來，原來一切都是他的誤解？

盧卡想到自己曾將雷歐監禁於密室內，幾度斷他糧食……雷歐怪病發作祈求給予解藥時，他殘忍地目睹他受盡煎熬，甚至想過讓雷歐自生自滅……

「回來吧！你是海德家族的一員。」夫人説。

「不！」盧卡低下頭，懊悔地説，「我是罪人。」

小希身子顫了下，赫然想道：這不正是灰機在成為「永哥」時的説辭？永哥與盧卡一樣，都曾犯下大錯，也認為自己是罪人。

「怪不得永哥會是關鍵人物，原來他與審判者盧卡如此相似。他們都曾經度過一段非人遭遇，既聰明又高傲，而後被迫與母親分離……」小希説出心中的想法。

「母親曾教誨我不能讓仇恨充斥心中，她是世界上最睿智美麗的女性。」

盧卡説到母親時，眼神閃過一絲溫柔，但隨即又冷冽起來，道：「我沒有謹記母親的教誨……我沒有資格成為海德家族的族人，我會離開這裏。」

「你以為離開就能彌補你的過錯嗎？」夫人丟了個

問題給盧卡。

盧卡不語，他的確無法彌補對雷歐造成的傷害。但傷害已鑄成，他能做什麼？

盧卡望向嬌小的雷歐，眼中充滿愧疚，說：「對不起……我對你做了很不好的事……」

盧卡頓了頓，突然有了決定。

「我會繼承母親的遺願，取下吸血蝙蝠的血清，治好雷歐的怪病，然後親自到城堡接受你們的審判。」

至此，故事反轉得令小希大呼意外，她不禁呢喃：「審判者反過來被大家審判？」

「不！」此時雷歐突然大聲叫道。

大夥兒想不到雷歐竟拒絕盧卡的提議。

雷歐指着盧卡，說：「我不會原諒你！你讓我受了很多苦。」

盧卡低下頭沉默不語。

「你是罪人，罪人必須接受懲罰。」雷歐這時說。

「懲罰？」盧卡困惑地看着雷歐。

「是！我要罰你教我如何解謎！還有，我要你製造一部跟密室外那旋轉機關一樣的機器給我！」

說完，雷歐露出如天使般的笑靨。

頃刻間，周遭的氛圍和樂起來。仇恨因為雷歐趣稚的話語而化解開來。

小希欣慰地笑了，她翻開立體書最後一頁。一個温馨的立體場景躍然紙上，就跟眼前的真實場景一模一樣！小希想立時與盟友們分享這喜悅，一轉頭，卻發現俊樂身畔站着個熟悉的身影。小希脫口喚道：「永——哥？」

　　永哥眼眶含淚，一臉感動的看着雷歐及盧卡，想着自己犯下的錯誤。

　　「你……你是……」俊樂張着嘴，望着變身後的「灰機」，半晌説不出話來。

　　永哥似乎還沒意識過來，他往下一望，發現自己髒兮兮的衣服和腳趾頭，赫然叫道：「我——變回來了？」

　　「我終於變回來了？我變回流浪漢永哥了？」永哥繼續説，無法置信地觸摸自己的軀體、臉頰，拉了拉有些雜亂的髮絲。

　　「是啊！永哥，太好了！」俊樂説。

　　「這表示我們完成《迷都十九區》的全部任務了？已經破除了胖子大公爵的障眼法？」

　　小希望向艾密斯團長，團長朝小希滿意地點一下頭，説：「是，就在剛才，所有謎底都已揭示，因此解謎之靈——灰機功成身退，變回人類了。」

　　永哥愣了愣，傻傻地説：「變回來是好事吧？」

「當然是好事。」小希由衷地說，但眼中竟不小心蹦出眼淚。與灰機相處也有一段時日，灰機雖然吱吱喳喳，愛顯擺與說教，但確實教會他們不少東西……

永哥吸吸鼻子，哀怨地說：「不！我還沒認真地在空中展翅翱翔呢，太可惜了！唉！如果給我多一天的時間，我一定好好地享受身為鳥兒的快樂，輕盈地飛上天空，吟唱屬於自由鳥兒的歌聲……」

這時俊樂打斷永哥的哀歎，逕自發表道：「不，不，不！灰機那麼囉嗦，當然是早點變回永哥好啊！小希你說是不是？我們不用再聽灰機說教，也不用再聽到他那刺耳的聲音！唉！你不知道自己那尖銳的鳥鳴有多恐怖，簡直是世紀最恐怖噪音！如果要聽你吟唱歌曲，哎！那會是多可怕的夢魘啊！幸好！你現在變回永哥真是太好了！」

原本興致勃勃準備吟唱一曲的永哥一聽，整個臉拉長了，氣呼呼走開去，小希和艾密斯團長都禁不住哈哈大笑起來。

因父之名

　　永哥重回祁氏集團，繼承了酒店，成為集團總裁。

　　他喚來叔叔，審查叔叔當年偷取鑰匙的經過後，給了叔叔一筆錢，並將其解僱。他不允許因貪圖權勢而設計陷害親人者繼續留在集團內。

　　關於子聰，永哥決定不再逃避自己的過錯。他從審判者盧卡身上體悟到，逃避無法解決問題，只有直面自己的錯誤，想辦法彌補才是真正對自己和他人負責。

　　他不敢奢望得到子聰的原諒，因此他以另一種方式對子聰作出補償——以貸款形式讓子聰負笈海外深造。

　　倔強的子聰當然不肯接受永哥的施捨，但永哥開出的雙贏條件委實令他難以抗拒。

　　「我會以簽約形式貸款給你到國外深造攝影與保育

學，但你完成學業後必須以薪水的百分之三十償還債務，並在我推介的保育組織底下工作，到極地拍攝北極熊，將所有作品賣給祁氏酒店。」

一向夢想成為極地攝影師的子聰無法拒絕如此優渥又能讓他自食其力的條件，終於答應了永哥。

「永哥，你真的放下了嗎？」祖銘對於原本頹廢厭世的永哥，突然變得積極又充滿正能量感到無法適應，他擔心地問道。

「嗯，阿弟，人不能一直活在愧疚中。活在過去無法彌補過錯，也對所傷害的人沒有助益。只有正視自己的錯誤，才能從錯誤的愧疚中走出來。比如現在我能幫助家族振興酒店，還能讓子聰完成他的心願。我還有很多事想做，對了！」永哥用力地拍一下祖銘的肩膀，興致勃勃地說道，「你以後功課有什麼不懂，可以來找我。我免費教你，數學物理化學，甚至考古歷史聖書體，我想把所學的都教給你……」

祖銘無法接受如此正面的永哥，惶恐說道：「我還是改天再來找你好了，永哥，再見！」

「記得帶多一點雞頸項、雞屁股來啊！」

祖銘比了個 OK 手勢就忙不迭離去了。

小希和俊樂面面相覷，不知該怎麼說才好。眼前的永哥與他們熟悉的灰機簡直一模一樣，既囉嗦又有點霸

道，像套上人類外皮的灰機。小希不禁嘀咕：「祁氏家訓的魔力還真驚人啊！」

「你説什麼？」永哥望向小希。

小希趕緊説：「沒什麼。永哥，如果沒什麼事，我們也回去了！」

俊樂慌忙跟着小希匆匆走出祁氏集團，但他們一推開門，眼前卻出現一名意想不到的來客。

「好久不見，小希小姐。」

小希睜大了眼，她對這位女子有種奇妙的感覺，就像曾在夢裏見過，模糊卻有種熟悉感。

「你認識小希？」俊樂傻傻問道。下一秒，他張大了嘴，支吾着説不出半句話。

「我不只認識小希，也認得你，俊樂。」女子説着便將臉上的面罩拉下來。

小希和俊樂赫然發現眼前的女子全身皮膚白皙，但白皙中透出一股淡藍光暈。

「艾密斯團長讓我來這裏找你們。」女子説。

「我們見過面？為什麼我一點兒印象也沒有？」小希實在想不起在哪兒見過透着淡藍膚色的女子。

「你會記起來的。」女子笑着説，「我名叫桃樂絲。」

「桃樂絲？桃……樂……絲……」

小希重複念了幾遍，突然她全身似接通了電流，神經線產生一股波動，接着她腦海模糊的影像漸漸清晰起來。

她記起與一隻白貓去到《桃樂絲冒險日誌》的立體書世界，在那裏他們不巧遇見胖子大公爵。胖子大公爵施行了惡毒的仇恨術，令桃樂絲的世界產生翻天覆地的變化。艾密斯團長為了阻止仇恨繼續蔓延，並防止那個世界的能量轉移到大公爵身上，他狠下心將《桃樂絲冒險日誌》這本立體書毀掉了！

「不！立體書毀了！」小希脫口叫道。

「是的。在立體書毀掉之際，我來不及回到我的世界，還因此捲入另一個立體書世界──迷都十九區。幸好我遇到了你們，艾密斯團長也決定將我從迷都帶到你們的世界。」

「那我爸爸呢？他在哪裏？」

「對不起，當時太混亂了，我自己的記憶也殘缺不全，更不知道他在哪裏。」桃樂絲歉疚地説。

小希兩眼空洞，無助地望向俊樂，但俊樂也束手無策。

這時永哥走了過來，説：「他滯留在桃樂絲的世界。」

「你怎麼知道？」桃樂絲好奇地盯着永哥。

小希此時赫然記起灰機之前在她家裏説過的話，急忙問永哥：「灰機你説過我爸爸變成了動物，並困在藍膚色的人類世界——」

　　「是。」永哥説，「之前我看不清楚留在異世界的動物，但就在桃樂絲跟着伯爵夫人走過來時，我立刻明白過來。小希的父親，也就是白貓在大公爵施行仇恨術之際，將桃樂絲及大公爵一塊兒推進時空縫隙，立體書此時已被毀滅，白貓就這樣陰差陽錯地困在桃樂絲的世界，回不來了。」

　　「為什麼回不來？」俊樂着急地問。

　　「之前我就説過，立體書是進入異世界的入口。沒有了入口，白貓當然無法回來了！」

　　「哦，小希的父親還在桃樂絲的世界。艾密斯團長説過，留在立體書世界太久會有副作用，那就是讓人們遺忘他，因此小希才會沒有了對父親的記憶……」俊樂説着發現小希一臉驚愕的面容，趕緊閉上嘴巴。

　　「嗯，所以……雖然我解開了小希父親的謎團，卻無法説出口。對不起，小希！」永哥向小希致歉。

　　大夥兒靜默下來。

　　半晌，小希喃喃自語道：「得去接爸爸回來，要提醒艾密斯團長這件事。爸爸變成了白貓，是《桃樂絲冒險日誌》的關鍵人物。為了解救桃樂絲，他自己留在桃

樂絲的世界……」

　　小希邊說邊邁開腳步，快步跑回家去。

　　她必須將這一切都記下來，趁她對父親的記憶還沒
有消失前！

科鬥小的真其的嫌兇出露揭：THE DOCTOR IS THE MASTERMIND，（諸手音手露。）

奇幻書界 3
貴族的審判

作　　者：蘇飛
繪　　圖：ru ru lo cheng
責任編輯：林沛暘
美術設計：李成宇
出　　版：山邊出版社有限公司
　　　　　香港英皇道 499 號北角工業大廈 18 樓
　　　　　電話：(852) 2138 7998
　　　　　傳真：(852) 2597 4003
　　　　　網址：http://www.sunya.com.hk
　　　　　電郵：marketing@sunya.com.hk
發　　行：香港聯合書刊物流有限公司
　　　　　香港新界大埔汀麗路 36 號中華商務印刷大廈 3 字樓
　　　　　電話：(852) 2150 2100
　　　　　傳真：(852) 2407 3062
　　　　　電郵：info@suplogistics.com.hk
印　　刷：中華商務彩色印刷有限公司
　　　　　香港新界大埔汀麗路 36 號
版　　次：二〇一九年十一月初版

ISBN: 978-962-923-485-0
© 2019 SUNBEAM Publications (HK) Ltd.
18/F, North Point Industrial Building, 499 King's Road, Hong Kong
Published and printed in Hong Kong